目次

深川青春捕物控の舞台
北
西
東
南
本所
竪川
林町
菊川町
六間堀
大横川
北森下町
南森下町
大川（隅田川）
新大橋
小名木川
海辺大工町
深川稲荷
清澄町
堀川町
髪結いの勝次郎宅
伊勢崎町
佐賀町
山本町
木置場
材木町
仙台堀
平野町
吉永町
伊沢町
永代橋
油堀
島崎町
大和町
永代寺
中島町
大島町
富岡八幡宮
木置場
蛤町
小料理屋しののめ
入船町
大島川
石場
海

序　章　父と子

厨子《つし》二階《にかい》の小さな窓から差す光で、雄太《ゆうた》は目を覚《さ》ました。厨子二階は天井が低いので気をつけねばならない。屋根の勾配《こうばい》がそのまま天井《てんじょう》なので、部屋の真ん中へ移動すれば頭を打たずに済む。雄太は、そこで股引《ももひき》を穿《は》いて、着物の裾《すそ》をたくし上げた。

——魚河岸《うおがし》へ行かねばな。

急な段梯子《だんばしご》を下りれば、そこは、母が営《いとな》む小料理屋「しののめ」である。誰《だれ》もいない板場の甕《かめ》の水で手水《ちょうず》を使い、手拭《てぬぐい》で顔を拭《ふ》いて表へ出た。人は動き出している。

深川《ふかがわ》、富岡八幡宮《とみおかはちまんぐう》の南を東西に流れ、大川《おおかわ》に注ぐ大島川《おおしまがわ》の河口から永代橋《えいたいばし》に至る河岸に、深川漁師町《りょうしまち》があった。もともと八か町だったがその後、十三か町に広がった。

その漁師町のはずれにある蛤町《はまぐりちょう》で育った雄太は、毎朝大島川の河口にある魚河岸へ行くのが日課になっていた。魚市場で小料理屋で使う魚を仕入れるのだ。最初は、板前の留吉《とめきち》について行ったが、次第《しだい》に慣れてきたので、去年、十七になった頃《ころ》から、一人で来るようになっていた。潮風《しおかぜ》が吹けば、魚市場独特の生臭いような匂《にお》いが鼻を突く。もとよりこの魚市場は、子供のころから雄太の遊び場である。漁師の子供らにも知り合いが多いので、何かとなじみのある場所だった。魚市場の匂いは気持ちが安らぐ匂いでもあった。

魚は、漁師から直接買いつけるときもある。その時はたいてい三吉《さんきち》のところである。今日も、漁師や仲買人のけたたましい喧騒《けんそう》の中で、雄太に声をかけてきた。

「雄太、今日はいい鱸《すずき》が獲《と》れたぞ、持ってくかい」

雄太が、魚を覗《のぞ》き込んだ。鱸はある程度の大きさがないと水っぽくなる。

「これは、いい鱸だな。もらってくよ」

三吉は、雄太と同い年で子供のころからの遊び相手、漁師の家の三男坊だが、身体《からだ》が大きく、六尺近くある。小さいころから腕っぷしも強く、取っ組み合いになれば、このあたりの子供らは、だれもかなわなかった。しかし気が優しいところもあり、雄太を漁師の子らの遊び仲間に入れてくれたのは三吉だった。

深川の漁師町では、それぞれの町内で子供らは育ち、次第に隣町の子供らと張り合って、喧嘩《けんか》が始まるのだ。雄太は三吉と同じ蛤町で育ったので、隣の大島町や中島町《なかじまちょう》の子供らとやり合うのが常だった。しかしその喧嘩も漁を手伝い始める十五、六にもなれば、誰もやらなくなっていく。
買い出しが終われば、店で朝飯を食い、それから町道場へ通う。
小太刀《こだち》を習えと言い出したのは母のあきである。「お前の父親は、死んでしまった
がお武家だった。お前にはお武家の血が流れている。しかしお前は町人なのだから剣
術を稽古《けいこ》しても太刀は持てない。されども小太刀が使えれば、その辺にある棒切れ一
本で自分の身を守れるのだ」と言った。雄太も母の言うことに納得し、十二の頃から
冨田《とだ》流系の師匠《ししょう》の道場に通い、小太刀を習った。もとより、相撲《すもう》でも喧嘩でも、人と
格闘するのが好きなのである。しかし小太刀を習い始めてから格段に喧嘩が強くなっ
たのを自分で感じた。もちろん子供同士の喧嘩は素手だが、それでも小太刀の身のこ
なしが役に立ち、次第に皆から一目置かれるようになった。雄太と三吉の二人が揃《そろ》う
と、隣町の子供らは逃げ出した。
その日、道場の帰りに富岡八幡宮の境内《けいだい》を通っていると、若い男らが商家の手代《てだい》と
見られる小柄《こがら》な男を取り囲んでいるのが目に入った。祭事のある日ではないので境内
に人は少ない。漁師町の二つ、三つ年上の連中であることがすぐに分かった。二十歳《はたち》
近くにもなって、漁を手伝わず、ぶらぶらしている連中にろくな者はいないことは知

っていた。しかしこんなところであの手の奴《やつ》らにかかわって相手に怪我《けが》でも負《お》わせれば道場を破門になることもある。見て見ぬふりを決め込むかと、横目でちらっと様子を見れば、その手代風の男と目が合ってしまった。明らかに助けを求めている目だった。こうなるとどうしようもない。

——やれやれ、巡り合わせの悪いことだ。

雄太はその場に近づいた。連中は四人だった。一人の男が雄太を見た。

「なんだてめえ、何か用があんのか」

自分らより年下の相手とみて、見下すような目だ。この頃の二つ、三つの歳《とし》の差は大きいものだ。

しかし雄太は、相手が年長であることなど意に介さず平然と言った。

「事情は知らねえが、一人を四人で取り囲むってのは、喧嘩にもならねえんじゃねえか。みっともねえ真似《まね》は、やめた方がいいな」

雄太は、男らの足元に頃合いの木の枝が一本転がっているのを目に止めた。さらに男らの背後には、太い立ち木があった。

「何だとこの野郎、おめえが代わりにやろうってのか」

そう言った男の顔に見覚えがあった。眉間《みけん》に疱瘡《ほうそう》のあとがあり目つきが悪い、確か弥次郎《やじろう》とかいう中島町の漁師の次男だ。

男らが、雄太を取り囲み始めた。男らの頭に血が上っているのがよくわかる。喧嘩が始まるときの殺気のようなものだ。

喧嘩は先手必勝、雄太はその機に横っ飛びに転がって、一尺ほどの木の枝を手にした。怪我をさせてはいけない。それには腹を突くのが一番だ。雄太は立ち上がりざまに、殴《なぐ》りかかってくる男の腕をかわして、みぞおちを枝で突いた。さらに立ち木を背にして立ち上がって構えた。複数人とやりあうには後ろから襲われないように、立ち木や塀がある方が良い。次々と殴りかかってきた二人も、みぞおちを存分に突いた。最後は、弥次郎がどこからか長い棒を拾ってきて打ちかかってきたが、素早く懐《ふところ》に入り、腹を突いた。四人は、悶絶《もんぜつ》してその場に倒れて起き上がれない。四人もいれば、じっくり来られれば敵《かな》わないが、男らは動きがばらばらであった。

「早く行きな」

雄太は手代風の男にそう言った。

「この野郎、覚えてやがれ」

腹を押さえながら弥次郎が言った。

その声を背中で聞きながら雄太も足早に去った。

その様子を一人の武家が境内の隅《すみ》からじっと見ていた。

蛤町にある小料理屋「しののめ」にこの男が姿を現すのは、決まって最後の客が一組残っているかいないかという頃合いである。一見して八丁堀《はっちょうぼり》風、小銀杏《こいちょう》に結《ゆ》った髪、「御成先御免《おなりさきごめん》」の着流しに黒の紋付羽織、腰には十手《じって》の房《ふさ》が見え隠れする。歳は三十過ぎ、腰の物を外し、土間から小上がりになっている入れ込み座敷に上がり、板場に近い席に座った。座敷といっても板間に茣蓙《ござ》が敷いてあるだけだ。

「女将《おかみ》、酒を頼む」

と板場にいる女将のあきに声を掛けた。町人客は一組、土間の床几《しょうぎ》に片足だけ胡座《あぐら》をかいて向かい合って飲んでいた。

「あら、高柳《たかやなぎ》の旦那《だんな》、いらっしゃい。今日はいい鱚《きす》が入ってますよ。天麩羅《てんぷら》でどうですか」

「うむ、もう鱚が食えるのか。いよいよ夏だな。それを頼む」

高級な店でもないが、漁師町が近い。江戸前、旬《しゅん》の新しい魚がすぐに手に入るので、安くて旨《うま》い。しかも四十前の女将は、このあたりに多い芸者上がりではない、明らかに素人《しろうと》風でありながら、なかなか垢抜《あかぬ》けした美人と評判で、職人や漁師町で働く者らが通う店である。武家の客は珍《めずら》しい。

町人客らは、八丁堀の旦那の側《そば》では飲んでも落ち着かない。それを機に酒を切り上げて、店を出た。あきは、町人客を門口まで送り、暖簾《のれん》を下した。

北町奉行定廻り同心《きたまちぶぎょうじょうまわり》、高柳新之助《しんのすけ》は、戻ったあきに親しみのある笑顔をむけた。

「おあきさん、相変わらず繁盛《はんじょう》しているようだね」

と客がいなくなると女将を名で呼んだ。

「おかげさまで、何とかやっております。新之助様も見るたびに立派《りっぱ》になられて」

と、あきも新之助を名で呼んだ。

新之助は子供の頃から、女将のあきを知っていた。幼くして母を亡くしていた新之助は、父右兵衛《うひょうえ》と二人の暮らし。飯炊《めした》きのばあさんの奉公人はいたが、そのばあさんを助けるため、若いあきが高柳の家に通いで奉公し始めたのは、あきが十九、新之助は元服《げんぷく》前の十二の頃であった。

母のいない新之助は、あきに懐《なつ》いた。兄弟もいない新之助には、あきは、得難《えがた》い姉のような存在で、光り輝いて見えた。

父とあきに男と女の関係があるとうすうす気づきだしたのは、半年ぐらいたってからである。新之助にとっては、それは嫌なことではなかった。あきが、自分の新しい母親になってくれるのではないかと淡い期待をもったぐらいである。

しかし、実際はそうはならなかった。あきは父の子を身籠《みごも》り、やがて家に来なくなった。その後父が、どのようにあきの実家とやり取りをしたのか、新之助は知らない。十数年前に他界した父に、生前そのことを聞く機会もなかったが、その当時、よく父は疲れた顔を見せた。あきの実家とのやり取りに苦労したのであろう。今から考えてみれば、父は四十そこらの歳であったから、あきを後妻にすることもできたと思うが、町人の娘を妻にするためには、面倒な手続きを踏《ふ》まねばならず、父はそれを疎《うと》ましいと思ったのかもしれないし、あきがそれを望まなかったのかもしれない。またひょっとすればそれ以外の知り得ぬ理由があったのかもしれない。

その後のことは、あきから聞いていた。その時生まれた男子が四つになる頃には、父は、あきにこの店を持たせたのだ。町同心の年三十俵の微禄《びろく》で、どのように金を作ったのか。父が、江州《ごうしゅう》の某藩江戸屋敷との関係があったことだけは知っていたが、それが何かあったのだろうか。

「では、あっしはこのあたりで失礼いたしやす」

板場で天麩羅を揚《あ》げ終えた通いの板前の留吉の声がした。留吉はこの二人がどのような関係かはよく知ってはいないが、何らかのいわくがあるのだろうと考えているようで、気を利《き》かして早めに店を出た。

店は、あきと留吉の二人で切り回しているが、仕入れなど下働きは、十八になる息子の雄太が手伝っている。新之助とは異母兄弟となるが、雄太はそれを知らない。

鱚の天麩羅に箸《はし》をつけながら、新之助が聞いた。

「雄太は、二階にいるのかい」

町人の家に二階はないが、厨子二階と言われる屋根裏部屋があり、雄太は、一人でここで泊まることが多い。

「あの子は、まだ帰っちゃ来ませんよ。どこを遊び歩いているのか、知りませんがね」

新之助は、やや心配そうな顔を上げた。

「雄太は、最近どのような者らと付き合っておるのかな」

あきは、小首をかしげた。

「相変わらず、漁師の子らが多いですがね、このところは、前ほどは喧嘩してこなくなりました。以前はしょっちゅうで。あの子に小太刀を習わせたのが良かったのか、悪かったのか……、まあ相手に大怪我をさせたことはありませんが」

新之助は、酒を一口飲んで言った。

「おあきさん、今日は、その雄太のことで相談があって来たのだ」

あきは、片付けの手を止めて顔を上げた。

「あら、なんでしょうか」

「知っての通り、三年前に町同心が御用聞《ごようき》きを使ってはならぬという御触書《おふれがき》が出てな、我々も困っておったのだが、ここにきてその禁令が緩むそうなのだ」

享和《きょうわ》元年（一八〇一）、幕府は、同心が私的に御用聞きを使用することを禁じた。これは、御用聞きが、罪人側と結託したり、町人に拷問《ごうもん》まがいのことをして罪を被《かぶ》せたりすることが増えたからである。御用聞きとは、もともと罪人であることが多い。その罪を軽くすることと引き換えに御上《おかみ》の御用をするという形が多かったのである。しかし御用聞きを使えなくなると、やはり犯罪の件数は増えた。そのためやはり禁令を緩めざるを得ないということであった。

「それで、俺《おれ》もまた御用聞きを使うかと考えておるのだが、信用できるのはただ一人、勝次郎《かつじろう》だけだ」

「髪結いの勝次郎親分ですね」

新之助は頷《うなず》いた。

「しかし、勝次郎ももう歳が歳だ。五十を過ぎておるからな。若い手先《てさき》になる者が要《い》るな」

　あきは、訝《いぶか》し気に新之助を見た。

「それが、雄太と何の関係が？」

「その話だ。雄太があの様に、店の手伝いもそこそこに遊びまわっているようであれば、勝次郎に預けてみてはどうかと考えている。あいつならゆくゆくは一人前の御用聞きになるだろう」

　あきは意外な話に、まあと口の前に手をやった。

「おあきさんは、どう考える。この店を継《つ》がせたいのか」

「いえ……、継がせたいというわけではありませんけど、御用聞きだなんてあまり突然な話で驚きましたわ。雄太は漁師の子らとばかり遊んで、漁師になりたいと言ったことはありますが、それは子供の頃のことで、今はどういう気持ちなのか。でも御用聞きって危ない仕事なんでしょう」

「確かに御用聞きなんてものは、まともな人間のすることじゃないと思われる節もある。しかし町同心は南北合わせても二百人ほど。これで江戸の町を安堵《あんど》できる場所に出来るものではない。御用聞きの力が要るのは間違いない」

　新之助はあきを見た。

「実は先日、八幡宮の境内で、雄太を見たのだ。悪い連中四人に取り囲まれている若い商人を助けようとしてな、立ち回ったが、鮮やかなもんだった。相手に怪我をさせず、棒切れ一本であっという間に四人の腹を突いてな。感心したよ」

あきは、呆《あき》れた顔で目を見張った。

「まあ、雄太、そんなことをしてたんですか」

「道場で小太刀を習ったからと言って、誰でもあのような身のこなしが出来るもんじゃねえ」

新之助は若い頃は、雄太が通う冨田流系の道場の高弟で、師範代を務《つと》めたこともある腕前であった。武術に関しては、人を見る目があった。

「喧嘩慣れしてんだなあ。あいつは度胸《どきょう》もいいが、しかしあのようなことを繰り返して居れば、仕返しを食うだろうし、質《たち》の悪い連中とかかわりを持つことになる。喧嘩の繰り返しだ。道を踏み外すこともあるだろう。早く誰かにつけて仕事をさせた方がいい。勝次郎なら間違いない。返事は後日でよいので雄太と話してみてもらえるか」

あきは頷いた。

「承知いたしました。それと、今まで雄太には黙っていた高柳の家とのこと、この折りに話してみますわ。今決心がつきました」

次の日、新之助は、堀川町《ほりかわちょう》の勝次郎に会いに行った。

勝次郎の家は、十も年の離れた女房が女髪結いをしている。客は女だけである。若い女子衆《おなごしゅう》も雇《やと》い、客が絶《た》えないようだ。道具を提《さ》げて客の家に出向くこともある。

「親分はいるかい」

同心は、御用聞きに対して、親分などとは呼ばないものだが、新之助はほかの者には、勝次郎のことを親分と言うこともある。

新之助が店に入ると、女房のうめが仕事の手を止めて、笑顔を見せた。

「これは、高柳の旦那じゃござんせんか。お珍しいことで」

と、亭主を大声で呼んだ。

奥から、ほとんど寝間着のような格好で勝次郎が現れた。腹が出ているのは以前と変わらないが、短く刈《か》り上げた頭は、ほとんど白くなっており、無精髭《ぶしょうひげ》も白いものの方が多い。顔の輪郭《りんかく》もぼんやりしたように見え、一年ほど見ぬうちに随分老《ずいぶんふ》け込んだものではないかと、新之助は勝次郎をしげしげと見た。

「こりゃこりゃ、高柳の旦那、御久しゅうございますな」

笑うと、顔に以前と変わらぬ生気が現れ、新之助はやや安心した。

「実は相談があってな」

新之助は入り口の六畳間へ上がった。

長火鉢《ながひばち》を前に勝次郎が座る。頭の上には神棚に提灯《ちょうちん》、煙管《キセル》を手にして煙草《たばこ》を詰め、長火鉢から一服吸いつければ、着ているものは冴《さ》えなくてもいっぱしの親分に見えるから不思議だ。

「……するってえと、何ですかい。また御用聞きが御入用ということですな」

新之助は頷いた。

「俺にとっては、お主よりほかに信用がおける者はいないのだ。もう一肌脱《ひとはだぬ》いでくれぬか」

勝次郎は、煙管を長火鉢のへりにポンと当てて灰を落とした。

「わかりやした。あっしもこのまま、店を女房に任せて漁師町の揉《も》め事の仲裁だけやっているのは、どうにもこうにも承知できないような心持ちでしたんでね」

御上の仕事をしていなくても、揉め事があれば、勝次郎を頼ってくる漁師町の者は多いのだ。

「もうひと踏ん張りさせていただきますよ。高柳の先代へのご恩もありやすからね」

勝次郎は、新之助の父である高柳右兵衛の代からの御用聞きである。勝次郎の実家は浅草《あさくさ》で札差《ふださし》をしていたが、勝次郎はその家の次男で、若い頃ぐれかけていたのを父が拾って、手札を出し、御用聞きに使ったのだった。度胸があり、もともと正義感の強い勝次郎は御用聞きが己の天職と考え、真っ当な道を今まで進んできた。

「しかし、勝次郎、手先になる使えそうな若い衆はいるのかい」

勝次郎は腕を組んだ。

「下《した》っ引《び》きならいくらでもおりますがね、直《じか》に動ける手先となるとね……」

勝次郎は、別の仕事をしながら勝次郎を手伝う者を下っ引き、専業で勝次郎の手足となって動く者を手先と呼んでいた。

新之助は頷いた。

「俺に一人、心当たりがあってな、当たってみるが、いずれにしても金が要るな」

勝次郎がにやりと笑った。

「旦那、金のことは心配いりやせん。御上の御用となれば、兄貴がいくらでも出すと言っておりやすので」

「そうか、いつも済まぬことだな」

勝次郎の実家は兄の代になって久しく、札差稼業《かぎょう》はうまくいっている。兄は勝次郎が御上の御用をしていることをたいそう喜んでおり、弟を拾ってくれた高柳の先代には感謝している。故《ゆえ》に、もとより御用で金が要るのならいくらでも出すと言ってくれる。それは今も変わらない。

札差とは、幕臣である旗本《はたもと》、御家人《ごけにん》が蔵米《くらまい》を支給される際に、その運搬や換金の代行を行い手間賃《てまちん》をとる仕事であるが、ついでに困窮《こんきゅう》した武家に、支給予定の蔵米を担保として金貸しもする。

「兄貴の気持ちとしてはね、札差というのは、内証《ないしょう》の苦しいお武家から金を巻き上げてるような仕事で、あまり気持ちのいい商売でもない。せめて御上の仕事をしている弟に捕り物に必要な金を出すってことで罪滅ぼしっていうか、己への言い訳にしている、まあそんなとこでさあ」

勝次郎は、簞笥《たんす》の引き出しからおもむろに布にくるんだものを取り出した。十手である。

ほとんどの御用聞きは、奉行所から十手を預かっているわけではない。捕り物があるときだけ奉行所に十手を取りに来いと言われている。しかしそんなことをしていては捕り物に間に合わないこともある。この十手は勝次郎の兄が私的に作ってくれたものだ。

「これを握るのも久しぶりでさあ」

雄太が店に戻ると母のあきが、小上がりの座敷に座り雄太を待ち構えていた。

「雄太、ここへ座りなさい。話があります」

雄太は、いつにない母の態度に怪訝《けげん》な顔で席に着いた。

「実はね、高柳新之助様、知ってるでしょう」

「う、うん、八丁堀の旦那だね」

「あのお方がね、お前にね、御用聞きにならないかって」

雄太は意外な話に、目を丸くした。

「御用聞きって、岡《おか》っ引《び》きかい」

「そうだよ」

「なんでまた、そんな話になるんだよ」

あきは、雄太の目を見た。

「実はね、お前には今まで黙ってたんだけどね、お前の父親のことだけど」

「もう、死んでしまったんだろう。お武家で」

「あの高柳の旦那の御父上、高柳右兵衛様なのよ」

雄太はしばらく黙っていたが、ぽつりと言った。

「やっぱりそうか。そんな気がしてたんだ。あのお方は俺が小さいころよく店に来てたものな」

雄太には、四つか五つの頃のかすかな記憶があった。小料理屋は夜の仕事なので、あきが戻るまでに長屋の者が寝かしつけてくれていたが、たまにあきは雄太を店に連れてくることがあった。そんな時は、雄太は二階で一人で遊んでるうちに寝てしまうのだが、寝たまま誰かにおぶられて、いつの間にか長屋に戻っていた。記憶の中のその背中は、あきのものではなく明らかにたくましい男の背中であり、鬢《びん》付け油の匂いを今も覚えている。その男は、先代の高柳の旦那であったような気がしたのだ。しかし雄太が物心つくようになってからは、その旦那は店に顔を出さず、代わりに時折、その嫡男《ちゃくなん》、今の高柳の旦那が来るようになっていた。

「右兵衛様は、お前のことを高柳の正式な息子にしようかと何度も考えられたようだけど、町人の方が幸せかと思われたようなの。そして私にこの店を持たせてくれたのよ。武家の次男というのはお役がもらえず、他家へ婿《むこ》に行くしかないし、あんたが苦労すると考えられたのかもしれないわ」

雄太は、驚きはしなかった。ただ、胸の内に残っていた引っかかりが、すとんと落ちるべきところに落ちた感じだった。

「新之助様とは、兄弟ということになるんで、俺のことを御用聞きにして一緒に働かんかということか」

あきは頷いた。

「信用できる御用聞きが欲しいんだそうよ」

「俺にそんな仕事、出来るかな」

「まずは、勝次郎親分の下で働くということでどうかって。でもお前次第だよ。この店をやりたければそれでもいい。でもその時は、板前修業《しゅぎょう》をしないとね」

――茂二《しげじ》に相談するか。

雄太は、一人の友達の顔が、頭に浮かんだ。

茂二と知り合ったのは、十四、五のころ、小太刀の道場だった。薬種問屋の次男で、同い年、雄太より後から入ってきたのだが、剣術には熱心ではなかった。身体は雄太より細い。暇《ひま》があれば本を読んでいた。漁師町にはそんな子供はいなかったので、雄太は興味を持った。

「お前、何を読んでいるんだ」

声をかけた。

「読本だよ。　読むかい」

雄太は、読み書きと算盤は、深川の武家がやっている手習い塾で習ったが、漢字もそこそこ読めるようになったころ、道場に通い出して行かなくなっていた。読本など、大人のものだと思っていたのが、自分と同い年の子供が読んでいることが驚きだった。

「面白いのか」

「こんな面白いものは、ないぞ」

漁師の子供らと喧嘩に明け暮れていた雄太だったが、何か物足《ものた》りないものを感じていた。

それは、書物や勉学に対するあこがれのようなものだったのかもしれない。

初めて茂二の家に行ったときには、驚いた。部屋が本だらけなのだ。浮世草子、草双子といった読み物以外にも漢書もあれば、薬草関係の書物もあった。

「親父が好きで集めたものを片っ端から読んでんだ。俺はきっと病だな。字の書いたものがあれば読まずにおれないんだ」

茂二はそう言いながら、一冊の読本を雄太の前に出した。

初めて借りた本は『雨月物語《うげつものがたり》』だった。結構難しかったが、草双子で挿絵もあり興味をそそられた。茂二に教えてもらいながら読むうち、面白さが分かってきて夢中になった。

読書家の茂二は、さすがにいろんなことを知っていて、話を聞くだけで手習いより
よほどためになる気がした。

雄太は翌朝、久しぶりに茂二の家を訪ねた。

茂二は相変わらず、本を読んでいた。

「これは、新しい読本で、『東海道中膝栗毛《とうかいどうちゅうひざくりげ》』ってやつだ。面白いぞ」

そう言う茂二に、雄太は高柳の兄の話をした。茂二は驚いて顔を上げた。

「なんだって、お前、御用聞きになるのかい」

茂二は、あきれたような顔をして笑い出したが、それから面白そうに、うん、うん
と一人で頷いていた。

「茂二、笑っててもわかんねえや。いったいどう思うんだ」

「面白いんじゃねえか。まずは、その親分の手先から始めるんだろう。捕り物なんて
そうできるもんじゃねえぞ」

「そう思うか。だが俺に出来るものかね」

茂二は頷いた。

「その高柳の旦那に見込まれたんだろう。兄弟だからってわけじゃない。お前は度胸

もあるし、小太刀もできる。役に立つと思われたんだよ。うらやましいよ」

雄太は、驚いた。

「お前もやりたいのか」

「この店は、兄が継ぐことになっている。俺は、暖簾分けしてもらって小さな薬屋をやるか、別の薬屋に婿入りするか、そんなとこだ。本ばかり読んでるのも、この頃嫌になってきてるんだ。何かこう、読本に出てくるようなおもしれえことがしたいって思うんだよな。だが俺には無理だろうな」

茂二は、木箱を持ち出して、その中から紙の束《たば》を出して見せた。

「そりゃ、何だい？」

「これは、江戸で起きた事件が書いてある瓦版《かわらばん》を集めたもんだ。読んでたらおもしれえぜ。ここの壁にも一枚貼ってあるだろう」

「これは何の事件だい」

「これは、去年のもので薬屋専門の盗賊《とうぞく》が、捕まったってことだ。なにやら高価な朝鮮人参《にんじん》ばかり狙《ねら》った盗みだったようで、親父も気にしていたんだ」

「朝鮮人参ってものは人気があるのかい」

「値は張るけど、今よく売れるらしいよ」

茂二は紙の束をめくった。

「見てみろ。いろんな事件があっておもしろいぞ。盗賊、心中、これは、何やら妙な宗教が流行《はや》っているって話だな。俺は、そのうち、こんな事件を書いた読本書きになりてえんだ。それには直にかかわって調べるのが一番だ」

「ならば、もし俺がやることになったら、一緒にやるか」

雄太の言葉に茂二は、下を向いて考え込んだ。

「どうした」

「いや、そもそも御用聞きっていうのは、あっちの道、つまりはやくざな道に足を突っ込んだような者がやるもんだ。だからこそ役に立つ。俺のように何不自由ない薬屋のせがれで平々凡々と来たものが、役に立つはずがないと旦那らは思うだろう。俺はやめておくよ。お前の話を聞くだけで十分だ」

「そうか。ところで、その瓦版、いつのころから集めてんだ」

「親父が集めたもんで、二十年以上前のものからあるな」

「おめえ、それ全部頭に入ってるのか」

「飽《あ》きるほど読んだからな」

雄太は、それから人気《ひとけ》のない午後の魚河岸に足を向けた。この場所は人がいないと余計に落ちつく。大島川の河口から大川、そしてその流れがつながる広い海が見渡せる。今まで自分の先行きのことを真剣に考えたことがなかった。子供の頃は三吉のように漁師になりたかったが、漁師の子ではないので、それは無理と分かった。そして漠然と、母とあの店を営んでいる自分の姿を思い描いていた。しかし何かそれでは物足りない気がしていた。

茂二が言った。お前は見込まれたんだって。高柳の兄貴は、兄弟だからじゃない、自分が御用聞きに向いていると見込んだから誘ったのだと。そう思えば心中にうずくものがあった。

——やってみるか。

店へ戻ると、あきが昼飯の支度《したく》をしていた。留吉はまだいない。

「お袋、俺な……」

あきは、ちらと雄太の顔色を見て笑った。

「やるのね。御用聞きの仕事」

「うん、やってみようと思うんだ」

雄太は、床几に腰を下ろした。

「やると思ったわ」

あきは、何か布にくるんだものを持って雄太の横に来ると自分も腰を掛けた。

「これはね……」

床几にそれを広げた。木の棒のようなものであった。

「あんたのお父様が、雄太が年頃になりどうしても身を守る必要があれば持たせろと残してくれた物よ。鼻捻棒《はなねじぼう》っていうの」

雄太は手に取った。一尺二寸ほどの長さで手元に穴が開いていて、紐《ひも》が通してあった。

「これ、鼻捻棒っていうのか。番所に置いてあるのを見たことがあるけど、これはなかなか上物だね。握り具合もちょうどいい」

「持っていなさい。きっと、役に立つわ」

後日、髪結いの勝次郎の家の入り口の六畳間で、勝次郎、新之助、そして雄太が会した。店は休みだった。

「勝次郎、これが弟の雄太だ」

新之助が、勝次郎に雄太を紹介した。雄太は勝次郎と初対面だった。

勝次郎は雄太をしげしげと見た。

「やってくれる気になったのかい。御用聞きの手先を」

「御用聞きの右も左も分かりませんが、とにかく何でもやらせていただきたいと考えますので」

雄太は頭を下げた。

「まあそう、硬《かた》くなるなって。雄太は十八かい、旦那から聞いてるよ、小太刀の腕前は相当なもんだってな。しかし、うれしいねえ。こんな生きのいい若いもんが手先で動いてくれるってのはよう。しかも高柳の先代の旦那のご子息ときた」

新之助が口元を緩めた。

「だが、仕事の時は俺の身内であることは忘れてくれるか。ただの手先として使ってくれ。雄太もだ。お前はあくまで町人で、この勝次郎親分の手先だ。俺のことも、皆の前では今まで通り旦那と呼んだ方が良かろう」

雄太は、新之助を見た。

「そうさせていただきます。急に兄様などと呼べるものではありませんので」

「違《ちげ》えねえ」

勝次郎が笑った。

「では、親分子分の固めの杯ってわけでもないが、三人で祝い酒でもやろうじゃねえか」


台所では、支度をしていたうめと娘のかよが、酒を持って現れた。

「お前さん、よかったねえ。また御用聞きの仕事ができるなんてね。かよ、お父《と》っつあんもこれで元気になるよ」

と娘のかよを見た。かよは、雄太より二つ年下で、髪結いを手伝っている。

「そうだといいわね。この頃、よく腰が痛いとか言ってるからね」

色が白くて、着物から出る首の長さが目立つ。雄太はかよの美貌《びぼう》がちらと目に入ったが、わざと目をそらせた。若い娘に目をやっていると思われたらみっともない。

雄太は勝次郎親分から、酒を注《つ》いでもらった。酒を飲むのは、正月と祭りの時ぐらいだが、酒の旨さは少し分かってきていた。


後日、雄太は、あきとともに八丁堀の新之助の組屋敷を訪れた。あきにとっては懐かしい場所であるが、雄太は初めてだった。

新之助は、妻女と三つになる娘の三人の質素な住まいだ。妻女のきくが、出向いて二人に挨拶《あいさつ》をした。

「お二人のことは、新之助様から聞いておりました。この度、御縁が一層深くなったようですね。今後ともよろしくお願いします」

あきと、雄太も挨拶した後、父の仏壇《ぶつだん》に手を合わせた。

新之助は、番茶を一飲みして雄太を見た。

「実は今日は、父上のことでお前に言っておきたいこともあってな、ここに来てもらった。父の死因はおあきさんから聞いていると思うが……」

雄太はあきの顔を見た。

「お袋から、病気と聞いていましたが」

あきが頷いた。

「実は、貝毒にあたったのだ。十二年前、俺が十九で、雄太が六つの時だ」

あきが雄太を見た。

「人には病気と言ってるけど、そういう原因があったらしいのよ」

「そうなんですね」

新之助が雄太とあきを交互に見た。

「ここからの話は、おあきさんも知らないと思うので、この折に、二人に伝えておきたいのだが、実は父上は江州霜月藩《しもつきはん》の江戸屋敷とかかわりがあってな。そのいきさつや詳しいことは俺も分からないんだが、藩士が町人などと揉め事を起こした際、話を公《おおやけ》にせず穏便に済ませるような仕事をしていたのではないかとみている。それによって父上は藩から裏での取引のための金を手にしていたのだと思う。おあきさんの店を準備できたのもその蓄《たくわ》えがあったからだろう」

あきが口を押さえた。

「そうだったんですね」

新之助が続けた。

「それで、その藩の会合などにも時々顔を出していたようだ。そこで出た貝の料理の毒にあたったということなのだ。藩から手配された医者が来て、薬も飲んだのだが、高熱が出て十日後に命を落とした。医者が言うには同じ料理を食べた藩士も何名か落命したらしい」

雄太が顔をしかめた。

「貝の毒は、きついらしいですからね」

新之助が腕を組んだ。

「そうだ。しかし俺は、どうも釈然とせぬものがあるのだ。父の後を継いで同心になってから、その霜月藩のことを調べようとした。されど、正面から江戸屋敷を訪ねて、死んだ高柳の息子だと名乗っても、知らぬ、存ぜぬと門前払いでな、取り付く島もないのだ。さらに裏から調べようとしたが、これも難しい。もともと町奉行所とは、町人を取り締まる御役目であり、大名家のことになると役所内でもつてがないので、調べようがなく、今日に至ってしまった」

雄太は頷いた。

「そういう事情があったのですね」

新之助は太く息をついた。

「この一件のこと、お前にも胸に留《とど》めておいてほしい」

父の死因。それは雄太を武士にせず、町人の方が幸せだと言ったということと何かかかわりがあるのだろうか。この仕事をしていくうえで避《さ》けては通れぬことかもしれない。雄太はぎゅっと腰の鼻捻棒を握り締めた。

第一話　押し込み

一

しばらく続いた梅雨空《つゆぞら》から、むっとする夏の日差しが照りだした頃、雄太はあきと二人であきの父が住む海辺大工町《うみべだいくちょう》へ挨拶に向かっていた。小名木川《おなぎがわ》の南側、仙台堀《せんだいぼり》と挟まれた地区は、商店や長屋があまりなく、武家屋敷や町人の一軒家が多いところだ。町を歩いていても、仙台堀より南の深川の喧騒とはまるで様子が違い、人通りも少なく、いたって閑静《かんせい》な街並みが続く。鳴き始めた蟬《せみ》の声だけがやかましい。

雄太の祖父角兵衛《かくべえ》は、深川で雑穀《ざっこく》や粉の量《はか》り売りの店をしていたが、子供は娘のあきだけで後継ぎもいないので、店は奉公人夫婦に任せて、数年前からこのあたりの一軒家を借りて隠居住まいをしていた。あきの母である先妻とはとうに死に別れ、まだ四十過ぎの若い後妻のさだと二人で暮らしている。

立派な門扉《もんぴ》などはないが、表の木戸をくぐると小さな庭があり、すぐに家の玄関である。角兵衛は、二人を迎えた。

「雄太、久しぶりじゃな」

雄太は、庭に目をやった。

「爺《じ》っちゃん、盆栽《ぼんさい》がまた増えたようだね」

角兵衛は、相好《そうごう》を崩して頷いた。

「そうじゃ、よくわかったな。店に住んでいた頃よりは、手入れをする暇が出来たのでな。ずいぶんと増えたぞ」

二人が中に入ると、妻のさだが、お茶を出した。

「お二人ともお元気そうで何よりです。雄太ちゃんも御上の仕事をされるとかで」

あきが顔を上げた。

「そういうことになったんですよ。心配なんですけどね」

角兵衛が雄太を見た。

「あきからその話を聞いた時は驚いたがな。まあ、高柳の若旦那がついとるんだから、大丈夫じゃろう。なんといっても旦那は、おめえの兄貴なんじゃからな」

雄太が、不満そうに言った。

「俺には、そのこと、言ってくれなかったじゃないか」

「そうじゃな、もっと早くにお前に伝えるべきだったんが、なんとなく先延ばしになってしまったんじゃ。悪かったが、結局こういうことになったか」

「今の仕事は、御用聞きの勝次郎親分の手先なんだ」

雄太が勝次郎の手先となってひと月、大きな事件はまだないが、この間、持ち込まれる漁師町の揉め事などに、雄太は勝次郎について、話を聞きに行ったりした。また、勝次郎から捕縄術《とりなわじゅつ》などの手ほどきも受けていた。道場では習わない、如何《いか》に賊を押さえて縛《しば》り付けるかという技である。

角兵衛が指を立てた。

「そう、その勝次郎親分、あの親分は評判がいい。御用聞きってのは、何かにつけて町人から礼金なんかを巻き上げようって輩《やから》が多いんじゃが、あの親分はまずそういうことはしない。それに顔が広い。あの親分についてりゃ、いろんな人に会える。顔のつながりが出来りゃ、この先、別の商売をしたって必ず役に立つというもんじゃ」

昼時だったので、さだが用意したちらし寿司《ずし》を頂いた。

三人が話し込みだしたので、食べ終わった雄太は、一人で庭に出た。雄太は子供のころから角兵衛の持っている盆栽を見るのが好きだった。大きなものはない。角兵衛は小ぶりなものが好きなようだ。松が多い。子供の頃は、盆栽の松は普通の松とは、違うものだと思っていた。大きくならないからだ。同じものと教えられて驚いた。松の苗木は見たことがある。細いもので、ほうっておけばどんどん背が伸びて、松の木になる。なぜこんなに小さく留め置けるものなのか不思議だった。しかも幹は立派に太くなっている。人が手をかければこのように小さく太らせることが出来ると教えられた。

家の中では、三人は、雄太のことを話していた。

角兵衛が団扇《うちわ》を使いながらあきを見た。

「雄太が、御用聞きとは、聞いた時は驚いたな。世間じゃ真っ当な仕事とは思われていないからな。しかし、あいつは漁師町の子供らと喧嘩ばかりしていて、今は、力が余っとるようじゃからな。板前になる気がないんならあの親分の下で仕込んでもらうのもいいじゃろうと思うておる」

あきが頷いた。

「新之助さんがね、あの子は、度胸がいいから御用聞きに向いてるだろうって」

「そうだな、あいつには武家の血が流れとるからな。それにいままで女親だけで育ってきた。しばらくは、親分や新之助兄貴らにかかわって御上の御用をさせてもらうのがあいつのためにもなるじゃろう」

さだが言った。

「でも、ゆくゆくは、雄太ちゃんに店を継いでほしいんでしょう。あきさんは」

あきが笑った。

「そうねえ。でも私もまだ若いつもりなので、しばらくは大丈夫ですよ」

角兵衛が太く息をついた。

「しかし高柳の先代の旦那は、よくお前にあの店持たせてくれたもんじゃな。ちょうどあの時、金があったんじゃろうな。同心の後妻なんかになるよりよっぽど良かったとわしは思うておる。旦那はすぐに亡くなってしまったので若後家になるとこじゃった」

「お父っつあんにも、色々お世話になったわ。留吉さん連れてきてくれたしね」

角兵衛は、その時まとまった金はなかったが、料理屋につてがあったので板前の留吉を連れてきたり、道具を揃えたり、店の準備に奔走《ほんそう》した。

「わしは、金はなかったが、若い頃は料理屋をやってみたいと思っておったのでな。さて、雄太の相手になってやるかな」

角兵衛は庭に出た。

二

髪結い屋の入り口の六畳間で、勝次郎と雄太は、新之助が来るのを待っていた。

髪結いは繁盛している。六畳間からは店の様子は見えないのだが、髪結いも女子、客も女子故《ゆえ》、明け透《す》けな歓声が絶え間なく聞こえてくる。客商売というものは人と人との交わりで成り立っているのだ。

勝次郎はいつものように、神棚を背にして煙管をふかした。

「雄太、夕べ使いが来てな。今日高柳の旦那がここに来てくれるようだがな」

「何か、ありましたかね」

雄太が聞くと、勝次郎はにやりとした。

「何の件かは分からないが、久しぶりに、御用の件か」

程なく、新之助が店に現れた。

「旦那、待っておりやした」

「ちょっと動いてほしいことがあってな」

新之助は腰の物を外して、六畳間に上がり込んだ。

「このところ、二件続けて押し込み強盗があったようだ」

　勝次郎が聞いた。

「押し込みですかい、どのあたりで」

「深川だが、一件が伊勢崎町《いせざきちょう》で、もう一件が清住町《きよすみちょう》だ。どちらも隠居住まいの小さめの一軒家だ。老夫婦が狙われた」

「仙台堀の向こうは一軒家が多いですからな」

　雄太は祖父のことが頭に浮かんだ。祖父の住む海辺大工町もその周辺だ。

「同じ賊でしょうか」

「うむ、どちらも二人で押し込んだようだ。二件とも一人は二本差しの浪人者、もう一人は町人の様子だったということだから、同じ賊だとみられる。寝入った頃に押し込んで浪人者が太刀で脅《おど》して金を盗《と》るという」

「どうしやすか」

「奉行所からは、あのあたりの夜回りの人数を増やすようにと通達が出ている。二人も今晩から夜回りに加勢してくれるか」

　勝次郎が頷いた。

「わかりやした」

深川では、夜回りが盛《さか》んに行われた。深川もふくめ江戸の町では、夜になると町内の安全を守るために町名主らが当番を組み、夜回りを行った。これは、火事だけでなく、盗賊などから町民を守るためでもある。拍子木《ひょうしぎ》を鳴らしながら町内を巡回し、火事や不審者があれば呼子《よびこ》を吹く。拍子木の音は、町民に安心感を与え、呼子は異常を知らせる手段となっていた。

勝次郎と雄太は、仙台堀と小名木川に挟まれた一画の夜回りに加わった。

土用《どよう》に入り、日中の日差しはきついが、陽《ひ》が暮れてしまえば、川風が気持ちよく、夜回りで汗をかくことはない。雄太は夏の夜の匂いが好きだった。夏草や土埃《つちぼこり》の匂いが日中の日照《ひで》りで空に舞いあがり、それが夜に降りてくるものなのか。そこに潮の加減で海の匂いが混じる。武家屋敷が多いが、堀や川に近いところは町人の一軒家が多い。雄太の祖父の住む海辺大工町は小名木川寄りだ。

勝次郎が言った。

「考えてみりゃ、長屋は木戸があるからな。夜になると木戸を閉めちまうので盗賊も入りにくくなる。自身番もあるしな。押し込みに入るんならこういう一軒家の方が都合がいいのは確かだ。まあ、元より長屋住まいで押し込みに入られるほどの金持ってる奴はいないがな」

雄太が頷いた。

「大きな門構えの家は、入りにくいですからね。やはり小さめの所が狙われるんでしょうか。それにしても小さめの家でも相当な数があるのに、その中からどうやって押し込む家を決めたんでしょうね」

勝次郎がにやりと笑った。

「雄太、いいこと言った。それは大事なとこなんだ。賊がそこに押し込むのは何か理由があると思った方がいい。その見当をつけ、推《お》し量るのが俺たちの仕事なんだ。その見当なしでは、この広い江戸で、賊を押さえるこたあ出来ねえ」

二人が夜回りに加勢して三日目、清住町の大川沿いの道を回っていた時だった。拍子木の音をかき消すように呼子の音が鳴り響いた。

二人が目を合わせた。

「近いぞ、小名木川の方だ。雄太、走れ」

雄太は笛の鳴る方に一人で走った。

一軒の家に人だかりがしていた。雄太は男らに聞いた。

「どうしました」

一人の男が答えた。

「二人組が、押し込んだようだ。遅かった。逃げられた」

まもなく勝次郎もかけつけた。

「逃げられたか。川の方だろう。雄太、行くぞ。さっき怪しげな二人の男が船に乗り込むのが見えたぞ」

二人は小名木川に出た。かろうじて月明りはある。夜回りの男らも何人かついて来た。賊らしい男二人は、すでに船に乗っていて、大川へ出ようとしているのが見えた。

雄太がふと川の対岸を見ると法衣《ほうえ》をまとった僧らしき男が河口を向いて佇《たたず》んでいた。衣の背中には卍《まんじ》のような模様がちらりと見えた。

「誰か、船漕《こ》げるか」

勝次郎の声に驚いて脇を見れば、雄太らが立つ岸に川船が一艘《そう》、舫《もや》ってあった。周りにいた男たちはかぶりを振った。誰も漕げないようだ。

雄太は、船を見た。遊び程度であるが、漁師の三吉に教えられて、二、三度川船を漕いだことはあった。こんな小さな船なら漕げるかもしれない。

「俺がやってみます」

「よし、雄太、追いかけよう」

　勝次郎は船に乗り込み、雄太が櫓《ろ》を手にした。しかし思うようには進まない。やがて賊が乗っていると思われる船は、暗闇《くらやみ》の大川に消えてしまった。

「見えなくなったな、引き揚げるか」

　雄太は肩を落とした。

「親分、すいません。だらしなくて」

「しかたねえさ、おめえを船頭で雇ったわけじゃねえんだから。相手は、最初から船で逃げるつもりで用意してたんだろうよ。俺も船は漕げねえからどうしようもねえ」

　被害に遭《あ》った家に戻ってみると奉行所の小者《こもの》と思われる者らが、家の主《あるじ》夫婦に聞き取りをしていた。

　六十を超えたように見える隠居の夫婦だった。妻女の方は怯《おび》えてしまって何も言えない。

　主人の方は、存外と落ち着いた様子で言った。

「寝込みに、玄関の戸を叩《たた》かれましてね。自身番の者だというので、開けたところ、いきなり二人の者が押し込んできまして。浪人風の者が脇差《わきざし》を出して、金を出せと」

　奉行所の男らに軽く辞儀をして勝次郎が、主人に聞いた。

「賊の顔は見たかい」

主人はかぶりを振った。

「町人らしき男が提灯を提げていましたが、顔は覆面《ふくめん》で見えませんでしたな。それで、銭入れをそのまま出したら、同じく覆面をした浪人者が中を見てね、まだあるだろう、隠し立てすると容赦《ようしゃ》せぬぞと」

「それでまた金を出したのかい」

「いえ、ちょうどその時に呼子の音がしましてね。すぐに二人は、驚いて銭入れだけ持って出ていきましたので、やれやれ、助かりました」

勝次郎は頷いた。

「とんだ災難だったな。とにかく怪我がなくて良かった」

二人は、その家を引き揚げた。雄太が門口に目をやると、いくつかのきれいに並んだ盆栽が月明りでちらと見えた。


次の日、三人が勝次郎の六畳間に詰めていた。

新之助が渋《しぶ》い顔をした。

「昨晩は、惜《お》しいことだったな」

勝次郎が面目《めんぼく》なさそうに頭を下げた。

「もうちっと早けりゃ、押さえられたんですがね。残念ながら船で逃げられちまいました」

「うむ、仕方がなかろう。賊の様子が分かっただけでもいい。それに被害も少なくて済んだようだ。夜回りが効《き》いたんだ。しかし賊は、あのあたりはしばらく避けるかもしれんな」

　雄太が新之助を見た。

「今回の家を含めて今まで襲われた三軒の家を昼間にじっくり見てみたいのですが、あとの二軒を教えてもらえますかね」

「うむ、何か気になることがあるのか」

　雄太はかぶりを振った。

「いえ、そういうわけでもないのですが、見てみたくて」

　新之助は、勝次郎をちらと見て頷いた。

「よかろう、教えてやるからじっくり見てこい。この三軒に何か通じるところがあるのかどうか。賊は必ず老夫婦の二人住まいの家に押し込んでいる。これをどのように特定しているかというところが気になっておる」

雄太は、早速被害に遭った家を見て回った。最初の一軒は、仙台堀沿いの伊勢崎町の家だ。家の大きさは二軒とも似たり寄ったりと聞いていた。大きな屋敷ではないが、一応玄関と門扉の間に庭らしきものがあった。雄太が塀の隙間《すきま》からその庭を覗き込んでみると、その家にも盆栽があった。一つや二つなら買い求めて庭に並べておくこともよくあるだろうが、明らかに家の住人が入念に手入れをしていると見える小ぶりの鉢が十ほども並んでいた。祖父の持つものと様子が似ていた。

さらに清住町の家も見た。この家にも同じような小ぶりの鉢が並んでいた。

――盆栽か。

三

植木屋の与兵衛《よへえ》は、数年前にほとんど隠居するような形で女房と二人で、深川のはずれ、十間川《じっけんがわ》の東の上大島町《かみおおじまちょう》の近くに一軒家を借りて住んでいた。頼まれれば、まだ仕事もしていた。

与兵衛が女房に言った。

「聞いたんだが、深川の方じゃ、隠居夫婦の一軒家に押し込みがあったってこった。

このところ立て続けに三件もあったらしいぜ」

「あら、怖いわ。どのあたり」

「三件とも清住町のあたりだそうだ。あのあたりは金持ってる奴らの一軒家が多いからな。まあ、こっちの方までは来るこたあねえだろう。大丈夫だ」

このあたりは、空地や畑が多く、少し東へ行けば、田畑ばかりになる。

「私はね、深川の長屋の方が安心で良かったんだけどねえ。あんたがどうしても一軒家がいいって言うもんだから、こんな辺鄙《へんぴ》なところまで来ることになって」

与兵衛が口をへの字に曲げた。

「長屋住まいは、もういいさ。それに盆栽をやるには小さくても庭がいるんだ。おらあこれでも盆栽の仲間内では、師匠とか言われてるんだぜ」

「それはいいけど、押し込まれたらどうするのよ。このあたりは、自身番も遠いし、夜回りもあんまり来ないじゃない」

「押し込みなんざ、怖くもねえ。追い払ってやらあ」

与兵衛は若い頃は火消しもやっていた。諍《いさか》いごとには慣れているつもりだった。

「あんた、自分の歳を考えなさいよ。もう若くないんだから」

その夜、二人が奥の間で寝入ったところに、玄関の戸を叩く者がいた。

「自身番の者だ」

与兵衛はその声で目を覚まし、慌てて女房を起こすと、小声で言った。

「今頃、自身番の者が何の用だ。怪しいぜ。おめえ、夜具持って二階へ隠れてろ」

奥の間には厨子二階に上がる段梯子があった。女房は怯えながらも静かに二階に身を隠した。与兵衛は、行燈《あんどん》に灯《ひ》をつけて玄関の土間に出た。

「何事だ。こんな夜中に。どこの自身番の者だ」

大声を上げた。

「この近くで、火事が出た。知らせに回っている」

与兵衛は、すかさず言い返した。

「火事なら、半鐘《はんしょう》が鳴るだろう。おかしなことを言うな」

「とにかく開けろ」

「開けねえ」

与兵衛は、土間に立てかけてあった六尺棒を手にした。

まもなく、何か外でささやくような声がした後、どーんと玄関の戸板が蹴《け》り破られた。

構えていた与兵衛は、その者めがけて六尺棒を突いた。手ごたえがあり、男が外に倒れた。

「おめえら、押し込みだな」

別の男が現れ、太刀を抜いたと思えば、あっという間に六尺棒が、真ん中で斬り落とされた。

「命までは取らぬ。金を出せ」

覆面をした浪人者が立ちはだかったが、与兵衛は屈せず、その場に座り込んで腕を組んだ。

「金なんかねえよ」

与兵衛に棒で突かれ、顔をしかめて入って来た町人風の男に浪人者が、言った。

「奥に女房がいるだろう。探せ」

その男が、痛む腹を押さえながら奥を見たが、誰もいない。

「誰もいねえぜ、俺は一人もんだ」

与兵衛が叫《さけ》んだ。

「そんなはずはない」

浪人者がそう言うと同時に天井でみしりと音がした。この家は天井の板がそのまま二階の床板になっていて、少しでも動くとすぐに分かる。

浪人者が町人男に目配せした。

町人男が二階に上がった。

まもなく、ひえーと女の悲鳴が上がった。

与兵衛が横を向いた。

「ちくしょう。女房に手を出すな。金はくれてやる。二階から降りてこい」

与兵衛は立ち上がり、奥の間にあった銭箱をそのまま、浪人の前に差し出した。

「それが持ち金の全部だ」

浪人は中をちらと確認し、銭箱ごと担《かつ》いで姿を消した。二階から降りてきた町人男も後について消えた。残ったのは、土間に倒れ込んでいる壊れた戸板だけだ。

翌朝、知らせを受けた新之助、勝次郎、雄太が上大島町の現場に集まった。

新之助が腕を組んだ。

「やはり、賊は清住町のあたりはやめて、こんな辺鄙な場所を狙ったか」

勝次郎も渋い顔をした。

「このあたりは、あんまり夜回りは、してませんからね」

雄太が、庭を見て目を見張った。ここにも手をかけていることがはっきりわかる盆栽が所狭しと並んでいた。やはり小ぶりの鉢でどれも上品な物に見えた。鉢の数は他の三軒よりはるかに多かった。

「旦那、親分、ここも含めて四軒、被害に遭った家のどれにも通じる物があります」

新之助と勝次郎が雄太を見た。

「何が通じているというんだ」

新之助の問いに、雄太は、庭を指さした。

「どの家にも盆栽があるのです」

勝次郎が笑った。

「盆栽の一つや二つ、庭のある家ならどこにもあるだろう」

「いえ、どれもよく手入れされていて、小さくて様子が似ているのです」

勝次郎が驚いた。

「なんだって。おめえ、盆栽が分かるのか」

「爺っちゃんが盆栽好きなもので、子供の時からよく見ていたせいで少しは分かるのです。親分、ここの御主人に盆栽のことで聞いてみたいことがあるのですが」

勝次郎が頷いた。

「分かった。俺が先に聞き取るから、その後にな。ただし、被害に遭った他所《よそ》の家のことをぺらぺらしゃべっちゃ、いけねえぜ」

「分かりやした」

勝次郎が集まっていた人をかき分けた。

「ごめんなすって」

植木屋という家の主人が、存外気丈な顔をしてかまちに腰を下ろしていた。横には無残に壊された玄関の戸板があった。

「御主人、勝次郎ってもんです。此度《こたび》はとんだ災難でしたな」

与兵衛は、顔を向けた。

「これは、堀川町の親分さん、ご苦労様です」

勝次郎は、このあたりの職人らには名が知れていた。やはり顔が広い。

「随分、やられたんですかね」

与兵衛は笑った。

「あんなはした金、その気になりゃ、いつでも稼《かせ》げまさあ。それよりこの戸板、見てやって下せえ。ひでえことしやがるもんだ」

勝次郎が聞いた。

「賊の二人は覆面をしていたらしいが、背格好はどんなもんでしたかね」

「町人の方は、俺と同じぐらいの背だね。おらあ、五尺三寸だ。浪人者のほうは、一回り大きかったね。幅もあったな」

「ほかには何か、気がついたことは」

「何かね、酒臭いような気がしたね、二人とも。おらあ、酒飲まないから分かるんだ」

「なるほど。いや、実はうちの若いもんがね、御主人にちょっと聞きたいことがあるらしくてね」

与兵衛が横に控《ひか》える雄太を見た。

「なんだい、聞きたいことってなあ」

雄太が、与兵衛に辞儀をした。

「いえ、庭の盆栽のことなんですが、とても丹念に手入れしてあるようで、それに数も多い。また小ぶりなものが集めてあると思いまして」

与兵衛が驚いた顔をした。

「あんた、若いのに盆栽が分かるのかい」

「いえ、大して分かっちゃあいないんですが、こんな風な趣《おもむき》の鉢を持ち合って集まる仲間の会のようなものがあるのかと思いまして」

「ああ、あるよ。深川の『小品《しょうひん》の会』ってやつだ。こういう盆栽を小品って言うんだ。俺は、植木屋だから一応玄人《くろうと》ってことで、そこで師匠とか言われてんだ。俺が育てた盆栽を売ることもあるぜ。大きな盆栽はやらないんだ。そういう会だ」

雄太は勝次郎と目を合わせた。

勝次郎が言った。

「御主人はその会の世話役ということですかね」

与兵衛はかぶりを振った。

「世話役は、別にいてね。会合の段取りとかしてくれてる。佐賀屋《さがや》って呉服屋の御隠居だ。そこそこ大きな店だよ。月に一度ぐらいは、北森下町《きたもりしたちょう》にある長光寺《ちょうこうじ》って寺を借りて集まるんだ。しかし、この押し込みの件となんかかかわりがあるんですかい」

勝次郎が笑った。

「いえ、分かりません。それはこれから調べさせていただきやす」

三人は、植木屋の家を後にした。

「旦那、気になるので明日にでも雄太連れてその佐賀屋の御隠居に話を聞きに行ってきまさあ」

　新之助が頷いた。

「そうだな。今のところ手掛かりはそれぐらいか。雄太、おめえの察するところは、どういうことだ。言ってみな」

　雄太は二人を見た。

「押し込みにあった四軒は、その小品の会の寄り合い仲間であるかどうかまだ分かりやせんが、もしそうであった場合、その仲間内の各人の事情を知っている者が怪しいのではないかと。つまり仲間のうちだれが隠居夫婦二人住まいであるかということを知っている者です」

「うむ、そういうことになるな」

「旦那、親分、今から大工町の爺っちゃんのところへ行ってみます。その会のこと、何か知っているかもしれない。もし、仲間だとしたら心配です」

四

　雄太は一人で海辺大工町へ向かった。押し込みが二回も入った清住町とは、目と鼻の先である。

角兵衛は庭で盆栽をいじっていた。

「おう、雄太か。どうした、何かあったか」

「爺っちゃんに、その盆栽のことで聞きたいことがあるんだ」

「なんだい」

「小品の会って知ってるかい」

角兵衛は、盆栽から目を離して雄太を見た。

「おめえ、何で知ってるんじゃ。わしはその会の仲間じゃよ」

「やっぱりそうか。なら、植木屋の与兵衛さんのこと知ってるだろう。昨晩、与兵衛さんの所に押し込みがあったんだ」

角兵衛はちょっと周りを気にした。

「えらいことだな。ここでは話が外に筒抜けだ。中へ入ろう」

二人は家の中に入った。

「上大島町の植木屋の与兵衛さんだな。知ってるとも。与兵衛さんには、仲間内でいろいろ教えてもらっておるでな。わしの盆栽のいくつかも与兵衛さんから譲《ゆず》ってもらったものじゃ」

「押し込みが入ったほかの三軒は、場所はこのあたりで、どの家にも、爺っちゃんの所と同じような盆栽が並んでたんだ。皆、会の仲間じゃないかと思って」

雄太は懐から、押し込みの被害に遭った者の名と町名を書いた紙を出した。

角兵衛はそれをのぞき込んで首を傾《かし》げた。

「この御方らは知らぬが、あの会は人が多くてな。皆が名前を知りあっているわけではないんじゃ。だがお前の見たところでは同じような盆栽が並んでいたとしたら、大方、仲間であろうな」

「明日、親分と一緒に世話役の佐賀屋の御隠居に聞きに行こうと思っているんだ」

「それがいい」

「もしそうだとしたらこの家も危ないんだ。明日の晩から、夜だけしばらく二階に泊まり込ませてもらうよ。いいかな」

角兵衛は雄太の顔を見た。

「分かった。そうしてくれるか。このあたりも物騒なことになったもんじゃ」

次の日、勝次郎と雄太は、呉服屋の佐賀屋の隠居を訪れた。あらかじめ、使いを出して刻限も決めていたので、佐賀屋は待ち構えていた。深川でも指折りの呉服屋である。店の者に通されて奥の座敷へ上がった。佐賀屋は隠居後もこの店に住んでいた。店では大旦那様と呼ばれてはいるが、実質の商売は息子らに任せてもっぱら盆栽道楽である。まだ六十前で血色も良く、言葉もはっきりしていた。

「これはこれは、親分さん、暑いところをわざわざお出向きいただきまして」

佐賀屋は商人らしく丁寧《ていねい》に辞儀をしたあと、やや声を落とした。

「本日は、手前どもの盆栽の会の件、とお伺《うかが》いしましたが、何かございましたか」

勝次郎が頷いて、懐から紙を出した。雄太は後ろに控えた。

「実は、これなんですがね。先日から深川一帯で同じような押し込み強盗が四件ありましてね。その被害に遭ったのがこの方々なんですが」

紙に書かれた名前を見て、佐賀屋の目の色が変わった。

勝次郎が続けた。

「この植木屋の与兵衛さんは、小品の会の仲間だとおっしゃった。ほかの人はどうですかね」

佐賀屋が太く息をついた。

「間違いありません。四方とも小品の会の御仲間です」

「やはりそうですか。あと四件に通じるのは、既に隠居されていて、一軒家に奥さんと二人暮らしということです」

「手前どもの会に通じている者が、その押し込みにかかわりがあるのではないかということでしょうか」

　勝次郎が少し首を傾げた。

「それはまだ何とも言えませんが、御仲間が狙われていることだけは確かなようで。佐賀屋さん、その小品の会の仲間帳のようなものは、あるのでしょうか」

「もちろん、あります。手前どもの会は、御仲間からの直接の紹介がないと入れません。身元のはっきりした人以外は入れたくないからです。それで仲間帳には、紹介を受けた方から聞き取った、出来るだけ詳しい身元を記載しています。どこに誰とお住まいかもそこに記しております。ただしこの仲間帳は、誰にも見せぬようにしております」

「それは、どういう訳で」

「いや、手前どものような、盆栽好きな者同士の集まりではね、盆栽以外の話はめったに口にしないものでね。お互いの名前ぐらいは知っていても、商売や家族のことなどは話題にはしないものなんですよ。それは野暮《やぼ》というものですからね。同時に、あえて知られたくないという気も皆さんありましてね。会の内外を問わず、仲間帳を見せることは控えているのですよ」

勝次郎は頷いた。

「なるほど、よくわかりやした。で、お仲間は何人ぐらいで」

「いや、その仲間帳、ここにあるんでね。御用の件とあらば、親分さんにはお見せします。おおい、俊吉《しゅんきち》はおるか」

佐賀屋は、奉公人らしき男を呼んだ。まもなく、歳は三十前後とみられる背の高い男が、廊下《ろうか》から奥の間に顔を見せた。

「ああ、俊吉、小品の会のな、仲間帳を持ってきてくれるか」

男が、すぐに帳面を持ってきて、佐賀屋の後ろに控えた。

「この俊吉は、手前どもの手代の一人でしてね。あの会では、寄合い金も毎月集めておりますし、なかなか面倒な帳簿仕事もありますので、この俊吉に任せておるんです。ほかの者には、会の帳面は見せたことがありませんがね」

佐賀屋が、仲間帳を広げた。

「仲間は、四十人ぐらいですかね。しかし毎月の寄り合いに来るのは、そのうち半分ぐらいでね」

勝次郎が帳面を見ると、確かに商売の屋号や、隠居であるかどうか、また店とは別に隠居住まいであるかどうか、実際に住んでいる家の町名までこれを見ればわかるようになっていた。

勝次郎が雄太の方を見た。

「雄太、見るか。おめえんとこの御隠居の名もあるか」

雄太が、帳面をめくって指を差した。

「これですね」

雑穀商、角兵衛、海辺大工町にて妻と隠居住まいなどと書かれていた。

佐賀屋が雄太を見て口元を緩めた。

「そうですか、そちらさんは角兵衛さんのお孫さんですか」

雄太が辞儀をした。

「左様《さよう》でございます。祖父が御世話になっております。ところでお伺いしたいのですが、この仲間帳を、お二人以外に見ることが出来る方はおられますか」

勝次郎が鋭い目で佐賀屋を見た。

佐賀屋が首を傾げて、手代の俊吉に聞いた。

「俊吉、これをよそ様に見せたことがあるか」

俊吉は事の重大さに戸惑《とまど》うようなそぶりを見せたが、少し考えて、言った。

「いつぞや、長光寺の和尚《おしよう》がどんな方が来られているのか知りたいとおっしゃったので、会合の間、お貸ししたことがあったかと」

佐賀屋は思い出したように言った。

「ああ、そういうことがあったな。親分さん、手前どもの会合は、月に一回、長光寺という深川のお寺さんの一室をお借りして行います。三月《みつき》ほど前でしょうか、その御住職に見せたことはありました」

勝次郎が聞いた。

「その場で見せたのではなく、帳面を渡されたのですな」

俊吉が答えた。

「そうです、その会が終わったときに返していただきました。時間にすれば、一刻半《いっときはん》(三時間)ほどの間でしょうか」

勝次郎が頷いた。

「よく分かりました。ほかにはありませんか」

俊吉が答えた。

「私の知る限りでは、ほかにはありません」

佐賀屋が勝次郎を見た。

「そういうことです。あとは、この店の者がのぞき見するぐらいですが、この店の者は、息子も含め、手前の道楽のことには一切興味がないので、こんな帳面があることすら知らないと思いますがね」

二人は佐賀屋を後にした。

「雄太、どう思う。あの手代」

雄太は首を傾げた。

「俺には分かりませんが、押し込みなどしそうな男には見えませんでした」

「そうだな、植木屋より明らかに背が高いからな。押し込んだのはあの手代ではないだろう。しかしあの手代が直接手を下さなくとも、関係があるかもしれんな。あの手代の素行を調べておくか」

五

その夜、雄太は祖父の角兵衛の家を訪れた。

「爺っちゃん、やっぱりこのあたりで被害に遭った三軒の主人も、小品の会だったよ」

角兵衛の顔がこわばった。

「やはりそうか。物騒なことだ」

横でさだも怯えた顔をした。

「怖いわねえ」

「あの会の仲間帳の中身が、誰かに流れたんじゃないかと思ってるんだ。とりあえず、今晩からここに泊まるよ」

角兵衛が頷いた。

「そうしてくれるか。二階に夜具は用意してある」

「それでね。勝次郎親分に言われているんだ。もし賊が押し込んで来たら、大人しく中に入れた方がいい。戸を打ち破られないようにね。二人が怪我しないことが一番大事だ。それで、あらかじめ銭箱に金を全部入れずにどこかに分けておくこと。賊が押し込んできたら、銭箱ごと、これで全部ですと言って渡してしまう方がいい」

角兵衛とさだが頷いた。

「なるほど、分かった。それがいいじゃろう」

雄太が続けた。

「賊が外に出た後、俺が二階から屋根に出て呼子を吹く。それで人を集めて今度こそ賊を押さえるんだ」

「そうだな、賊が来ないことを祈るが、用意はしておこう」

「ところで、長光寺のことを聞きたいんだけど、あの寺には常には誰がいるの」

「うむ、住職夫婦と息子の若住職が庫裏《くり》に住んでいる。後は、寺男《てらおとこ》が一人」

「四人だね。爺っちゃん、次に長光寺に行くのはいつだい」

角兵衛は暦《こよみ》をめくった。

「たいていは、七日にあるんだが、そうだな。明後日《あさって》だ」

「俺もついて行っていいかい。様子を見たいんだ」

「いいさ。俺の孫ってことでな。お前が勝次郎親分の手先だってこと知っているのは佐賀屋さんと植木屋の与兵衛さんだけじゃからな」

雄太は、その夜、二階に泊まったが、何事もなかった。

次の日、勝次郎と雄太は、佐賀屋の店先が見える辻《つじ》にいた。

「いいか、雄太、聞き込みだ。あの店の丁稚《でっち》がいい。子供は駄目だ。ある程度歳食ったやつがいい。使いに出たら跡を付けてな。使いが済んだら帰りに声かけてみろ」

見るうちに、丁稚が一人、風呂敷《ふろしき》包みを提げて店を出た。歳は十七、八ぐらいに見える。丁稚が手代になれるのは二十歳前ぐらいであるが、皆が手代になれるわけではない。

「わかりやした。あの男の跡を付けます」

雄太は、その男の跡を付け、四半刻《しはんとき》（三十分）ほど歩き、男は、使いの家に着いた。また出てくるのを待ち伏せし、跡を付けた。声をかけるのは、佐賀屋から十分離れた場所の方がいいだろう。団子屋《だんごや》が見えたので頃合いを見て、後ろから声をかけた。

「もし、お兄さん、ちょっとお尋《たず》ねしたいのですが」

丁稚は警戒《けいかい》した顔を雄太に向けた。

「なんでしょう」

「佐賀屋さんに奉公されている御方とお見受けしましたが、御手間は取らせません。団子でもどうです」

雄太は団子屋の方を見た。

丁稚は腹が減っているようだった。

「食わしてくれるのかい」

雄太は頷いた。二人は店に入った。

店は、床几《しょうぎ》が並んでいる。軒先に日除《ひよ》けの葦簀《よしず》が立てかけてあって、外から中は見えない。隅の席に座って、団子を頼んだ。

「あっしは、奉行所の御用をしている下っ端の者なんですがね。佐賀屋さんの手代の俊吉さんについてちょっとお伺いしたいことがありましてね」

丁稚は、びくりとして雄太を見た。

「俊吉兄さんが、何かしたのですか」

「いえ、そんなわけじゃねえんですが、どういう御方かとね。もちろんお兄さんから聞いたということは佐賀屋さんには言いませんので」

雄太は、勝次郎から言われた通り、銭を握ってそっと、丁稚の手に近づけた。丁稚は驚いたようだったが、そのまま受け取った。

丁稚は、団子をほおばり、仕方がないという様子で話し出した。

「俊吉兄さんは、如才《じょさい》のない、仕事のようできる御方です。大旦那さんから見込まれているようでね。ゆくゆくは番頭にと思われているようです」

「心配事の何もない人ですかね」

丁稚は少し思案するようにして言った。

「いや、ただね、若旦那さんや番頭さんが気にされているのは、女癖《おんなぐせ》が悪いということでね。あんなまじめそうな顔をしていますがね、女子にようモテるんですよ。出合茶屋へ若い女子と入るところを見たという噂《うわさ》はよう聞きます。それでもう歳も三十ですが、まだ一人もんでね」

　雄太は頷いた。

「なるほどねえ。人は見かけによらねえもんで。遊び人には見えませんがね。金を借りているとかいう噂はありませんか」

　丁稚はかぶりを振った。

「いいえ、女遊び以外には、悪い話は聞きません。頼りになるし、仕事もきっちりとして、うっかりなどということはない人です」

「よく分かりやした。今日のことは店のお仲間さんには、これで」

と、雄太は、指を口の前で立て、立ち上がった。店の者にもう一皿団子を頼んで丁稚の名前は聞かず、先に店を出た。

　次の日、雄太は角兵衛について、長光寺へ向かった。こんなことがあったから定例の会合は中止になるかと思ったが、そうもいかないようだった。植木屋の与兵衛は来ていない。

男が一人、境内を掃除《そうじ》していた。

「あれが、寺男の茂助《もすけ》じゃな。まだ若い。三十ぐらいだろう。昔は住み込んでおったが、今は、どこかの長屋から通いで来ているようだ」

雄太の見たところ、背格好は植木屋の与兵衛ほどであった。住職以外に仲間帳を見た者がいるとしたらこの男だけである。

会合のある一室に入ると、皆が雄太に注目した。若い男など珍しいからである。角兵衛が挨拶した。

「これはうちの孫の雄太でね。若いが盆栽が好きで、一度連れて行ってくれと言うんでね」

世話役の佐賀屋を含め、皆は穏《おだ》やかに笑ったが、佐賀屋の横にいる俊吉だけが、落ち着かない様子で雄太を見て辞儀をした。

最初の挨拶で、佐賀屋が皆に言った。

「今日はお休みだが、植木屋の与兵衛さんの所に先日押し込みが入ったようです。怪我はなかったようですが、とんだ災難に遭われました。賊は隠居の夫婦二人暮らしを狙っておるようで、皆さまもお気を付けください」

とだけ言った。雄太は妙に思った。

会合の中休みの時に、角兵衛に言った。

「爺っちゃん、佐賀屋は、何で被害に遭った四軒が全《すべ》てこの会の仲間内であることを皆に伝えなかったんだい」

角兵衛は首を傾げた。

「難しいな。押し込みに入られたというような災難はあまり、本人にとっては他人に知られたくないということもある。それを慮《おもんぱか》ったのか。それとも、それは表向きの理由で、世話役である自分の落ち度とみられたくなかったのか」

雄太は、腕を組んだ。

「そういうことなのかなあ。しかしああいう年季の入った商売人の考えていることは、俺なんかにゃ、全くわからねえな」

雄太は、話を変えた。

「ところで、あの寺男だけど、どういう男なんだい」

「かわいそうな男じゃよ。下総《しもうさ》の貧しい漁師町の出で、十四、五までは漁の手伝いをしていたらしいんだがな、口減らしで深川に奉公に出されたそうだ。そこで散々こき使われた上に、店が傾《かたむ》いて放り出された。この寺の前で、痩《や》せこけてガタガタ震えてたところをここの住職が拾って寺の仕事を覚えさせ、寺男にした。しかしいつまでも寺に世話になるのが嫌なようで、今は自分の長屋で手仕事しながら暮らし、寺男も続けておるとのことで、住職はなかなかえらい奴だと言っておったな」

　雄太は頷いた。

「そうなんだ。悪い話は何もないの」

「ただな……」

「何かあるの」

「どうも、そうとう酒好きではないかとわしは見ている。たまに昼から酒臭い時がある。ああいう昼から酒臭い男は、いずれ酒毒に侵されてしまうことがある。それは心配じゃな」

「なるほどね。この前少し話したけど、佐賀屋が誰にも見せていない会の仲間帳、今までに見た者はこの寺の住職、それ以外は、あの寺男ぐらいかと思うんだ。佐賀屋が言うことが本当ならね」

「お前は、あの寺男が仲間帳を見て写したのではないかと疑っているのか」

「そうだよ」

　角兵衛は笑った。

「それは無理じゃよ」

「あの男は、字が読めんのじゃよ。カナぐらいは、住職が教えたらしいが、漢字になると全く読めんのじゃ。そんな男が仲間帳を写せるわけがなかろう」

「何で無理なの」

「何だって、字が読めねえのか」

雄太は意外な話に顔を上げて頭に手をやった。

「お前の周りにはあまりいないだろうが、この世の中には手習いにも行けないような子がまだたくさんおるのじゃよ」

六

雄太と勝次郎、新之助が、髪結い屋の六畳間に詰めていた。

雄太が、角兵衛の家に泊まり込んで五日が過ぎたが、その後、押し込みの賊は何処《どこ》にも現れなかった。

新之助が言った。

「……ということは、これまでの雄太の調べでは、怪しいのは二人、佐賀屋の手代俊吉と寺男の茂助だな。しかし押し込みに入った町人は、背の高さから俊吉ではない。

茂助は賊と背格好は一致するが字が読めない。寺で会の仲間帳を見たとしても名前を覚えたり、控えを作ったり、出来るはずもない」

　勝次郎が太く息をついた。

「そして、二人の素行は、俊吉は女癖が悪く、茂助は酒好き、というぐらいでこれといった決め手はありませんな」

　新之助が雄太を見た。

「雄太に言っておく。よく聞いてくれ。俺の捕り物のやり方だ。このような時、寺男をひっくくって拷問にかけ、白状させるというやり方をする同心もいる。しかし俺はそういうことをしたくないのだ。悪事の証《あかし》になるものを十分に押さえてからでないと踏み込まないことにしている。証を押さえてしまえば、相手は白状するしかなくなる。拷問などいらぬ。そもそも拷問と聞いただけで震え上がってやってもいないことをやったという者もいる。そうなると真実は見えなくなる」

　勝次郎が頷いた。

「そうでさあ。先代の高柳の旦那のやり方もそうだった。現場を押さえるのが一番、そうでないときは、十分な証を手に入れる」

　雄太が頷いて、新之助を見た。

「本来の捕り物とはそういうものなのですね。よくわかりやした」

新之助が続けた。

「それで、此度の件だが、どう考えても、まずは茂助だな。賊の二人は一度、船で逃げている。茂助は漁師町の出だとしたら船も漕げるかもしれない。茂助が賊の一人だとしたら、もう一人の浪人者とどこかで会っているはずだ。雄太、茂助の長屋を突き止めて、夜に何をしてるか張り込んで確かめてくれるか。どこで酒を飲んでいるかも知りたいところだ」

勝次郎が言った。

「まず長屋が分かったら俺に言いな。長屋の差配《さはい》にお前の面を通しておかなきゃなんねえ。何かあったときに踏み込めるようにな」

雄太が角兵衛に聞いたところでは、寺男の茂助は、朝早くに寺に来て、境内を掃除し、朝飯を食い、その後本堂や庫裏の掃除をする。昼飯の後は特に法事などがなければ、長屋に帰って手仕事をしているようだ。しかし茂助の長屋の場所までは、住職に尋ねるわけにはいかないので、帰りがけに跡を付けることにした。昼過ぎに茂助が寺を出るところを見定めて跡を付けた。長屋は、寺からすぐのところで、同じ北森下町の裏長屋であった。相当くたびれた長屋なので、家賃も安いのだろう。角兵衛が言うには、茂助は手仕事の賃金で店賃を払い、残りは酒だけに使って、晩飯もろくに食っていないのだろうとのことであった。

雄太はすぐに勝次郎の所に戻り、その日のうちに勝次郎とともにその長屋の差配を訪れた。勝次郎は、ここでも顔が利き、雄太がこの近隣で張り込み仕事をすることに関し、特に茂助の名を出すことなしに話を通してくれた。

雄太は、木戸の外でひたすら張り込んだ。茂助は、日が暮れるまで手仕事をしているようで、手元が見えなくなったころ、酒徳利《さかどっくり》を提げて長屋を出て安い酒を買いに行った。少しは食い物も買い、長屋に戻った。行燈の灯がともり、そこで一人で飲んでいるのだろう。その後、厠《かわや》に出て、行燈の灯が消えた。早めに寝るのだろう。朝は早い。それを見定めて雄太は、角兵衛の家に戻った。

それを三日続けた。茂助の暮らしは同じである。朝、昼の飯を食うために寺の掃除をし、一人でここで酒を飲むために手仕事をしている。酒だけが楽しみなのだろう。十年一日《いちじつ》の如《ごと》しである。苦労した末にやっとこの暮らしを手に入れた。こんな男に押し込みなどという大それたことが出来るのだろうか。

しかし四日目、茂助の行燈が何時《いつ》までも消えなかった。五つ半（午後九時）になったころ茂助は酒徳利を提げず長屋を出てきた。いつもより目つきが険しい。跡を付けると南森下町のうらぶれた一角にある縄暖簾の腰掛で飲む店に入った。表には「さけ、めし」とだけ書かれてある。夜遅くまで開いているようで、そこそこの客が席を埋めていた。暖簾の隙間から茂助が奥の床几に腰を掛けているのが見えた。片足だけ胡座をかいて向かい合って誰かと同席しているようだが、奥まった場所で、入口からは相手が見えなかった。

雄太は思い切って店に入った。

雄太の目に入って来たのは明らかに浪人者と見える男と同席する茂助の後ろ姿だった。浪人は、茂助より確かに一回り身体が大きい。雄太は二人の近くの床几に腰を掛けた。同じように片足だけ胡座をかけば茂助とは背中合わせで、浪人者からは雄太の背中しか見えない。

「親父、飯を食わしてくれ。酒はいい」

雄太は店の親父にそう言って耳を澄《す》ませた。

浪人者らしき男の声が聞こえた。声を潜《ひそ》めているが太い声だ。

「今晩は、大工町だったな」

茂助が答えた。

「あのあたりは夜回りがうるさいぞ。この前、清住町で危なかったではないか」

「時間をずらせばきっと大丈夫ですぜ。寝入りばなはやめて、九つ半（午前一時）あたりでどうです」

「そうするか。しかしお主、あんまり飲むな。これから仕事なんだ」

「そうです」

——間違いない。押し込みはこの二人だ。

雄太は、出された飯を急いでかき込み、気は焦《あせ》ったがゆっくりと店を出て、懐から小さな提灯を出し、店の軒下の提灯から灯をもらい、それをもって茂助の長屋まで駆けた。

長屋の差配の男を訪ねた。勝次郎の紹介で顔は通じている。

「済まねえが、この長屋に急に用が出来た。入れてくれ」

男が長屋木戸の鍵《かぎ》を開けた。

雄太は、茂助の部屋に踏み込んだ。間口一間、奥行き二間の部屋に職人の作業場のように手仕事の元種《もとだね》があった。竹細工のようである。

提灯を向けて、さらに部屋の奥を見た。夜具があり、脇に帳面のようなものがあった。右側がしっかり綴《と》じてあった。

それを提灯の灯で照らし、中身を読んだ雄太は仰天《ぎょうてん》した。明らかに小品の会の仲間帳の写しである。しかも大きな字でカナが振ってある。誰かが作ったのだ。さらによく見れば明らかに隠居二人暮らしの家だけを抜粋《ばっすい》して写している。襲った四軒に印が付いていた。そして五軒目、海辺大工町、雑穀商、角兵衛の字が見えた。

——爺っちゃんのとこに今夜押し込む気だな。

雄太はその写しを懐に入れて、長屋を出た。時間はまだあるが、堀川町の勝次郎の所へ行くと遠回りになるので、直に海辺大工町の自身番に向かった。

自身番には三人の男が控えていた。雄太も夜回りに加勢していたので、互いに知った顔になっている。

「御兄さん方、お願いがあります。今宵《こよい》の九つ半ごろ、この大工町に押し込みが入ることが分かったんです」

「何だって！」

三人は、振り向いて雄太を見た。

雄太は事の次第を説明し、仲間帳の写しを見せた。その時、帳面の最後の丁に何かが貼り付けてあるのが目に留まった。

「良く、突き止めたもんだな」

一人の男が感心した。雄太が言った。

「これから段取りを言いますぜ。これは勝次郎親分の指図によるものです。祖父の家の二階に俺が隠れてます。賊が入った時、祖父には銭箱ごと渡すように言ってあります。その銭箱を持って賊が外へ出た時に俺が屋根に出て、呼子を吹きます。すぐに駆け付けてください。賊が逃げるところを押さえるって段取りです」

「分かった。今夜は捕り物になるな。人を集めておくぜ。この前は船で逃げられた。船を漕げる奴も呼んでおく」

「それと、どなたか堀川町の勝次郎親分を呼んできてくれますか」

「それもまかしとけ。おめえは、早く爺さんとこ行ってやりな」

頼りになる男たちだ。雄太は、角兵衛の家に向かった。懐に入れた仲間帳の写しをもう一度見た。最後の丁に布切れのようなものが貼り付けてあった。二寸角ほどの白い布切れに赤い卍の印が押されていた。雄太は首を傾げた。

同じころ、寺男の茂助は、件《くだん》の浪人者と二人で、六間堀《ろっけんぼり》の堀端にいた。

「まだ暇がある。ここで酔い覚ましをしていこうではないか」

浪人がそう言って、二人は置石に腰を下ろした。

堀には、川舟が一艘、舫ってあった。

茂助が言った。

「ここからだと、大工町は目と鼻の先ですがね、船で行く方が逃げる時に楽ですからね。大川へ出てしまえば、暗闇だ。誰も追いつけやしねえ」

「ところで、茂助、何故《なにゆえ》あの盆栽仲間の隠居らを襲うことを考えたのだ」

「あいつら見てると、腹が立つんでさあ。好きなことだけやってのうのうと暮らしてやがる。楽が過ぎるってもんでしょう。こちとら、朝早くから身を粉《こ》にして働いても好きな酒も満足に飲めねえ。身体が動かなくなったらあとは野垂《のた》れ死ぬだけだ」

「うむ、それは拙者《せっしゃ》も同じだ。武士も町人もこの世の中、不公平に出来ている。人の人生は何処で誰の子に生まれたかで決まってしまうのだ」

茂助は、黙って堀の水を見ていた。

「ところで今夜の大工町の家は金がありそうか」

「そりゃ、全く分かりません」

「この前のやけに威勢のいい植木屋、銭箱ごと出したのでそれだけ取って来たが、大して入ってなかったのう。どっかにまだ隠しておったのだろう。今度は、ぬかりなく、中をしっかり見定めて有り金全部取ってやろうではないか」

七

雄太は、角兵衛に事の次第を説明した。

「本当に、これから賊がここに来るのか」

祖父のたじろいだ顔に雄太は頷いた。

「来るはずだ。段取り通りに頼むよ。とにかく銭箱渡して、相手を安心させるんだ。家を出たところを大勢の捕り手が押さえてくれるだろう」

さだが、怯えた。

「怖いわねえ」

「俺が二階にいる。万が一の時は降りてくるから。行燈消して二人は夜具に入ってください」

暗闇の中、夜具に入った二人は眠れるものではなかった。九つ（午前零時《れい》）を知らせる時の鐘は、既に鳴っていた。

雄太は、いざという時は外へ出られるように、雪駄《せった》だけは持って、二階へ上がった。

待つうちに、表の戸を叩く音が二階にもよく聞こえた。

――来やがった。

「自身番の者だ。戸を開けてくれ」

角兵衛は、腹が据《す》わったのか、「お待ちを」と言いながら落ち着いて行燈の灯をつけた。そして引き戸の心張棒《しんばりぼう》をはずすと、いきなり戸が開いて、二人の男が押し込んできた。

浪人者が、脇差を抜いて、

「命までは取らぬ故、大人しく金を出せ」

と、太い声で決まり文句を言った。

「お待ちを」

と角兵衛は、銭箱を出し、そのまま浪人の前に差しだした。

浪人者は、中を改めた。

「これだけか。まだどこかに隠してあるのだろう。ごまかせば容赦せぬぞ」

角兵衛は慌てた。雄太から言われていたので、持ち金は分けて店の方に預けてきたのだ。

「それよりございません。お許しを」

角兵衛は跪《ひざまず》いた。

「このような一軒家を構えておって、これだけと言うことはなかろう」

「残りの金は、店の方にあります。ご容赦を」

二階で聞いていた雄太は、予想外のことに戸惑った。段取りでは賊が外へ出なければならない。角兵衛らの身の安全が何よりだ。

――いや、呼子を吹けば、奴らは外に逃げるはずだ。

そう考えて、二階の窓から、そっと這《は》うようにして屋根に出て思い切って呼子を吹いた。

突然の呼子の音に、賊の二人は仰天した。二階とは思わなかったが、家のすぐ側で呼子が吹かれたように聞こえた。

「まずいな、おい、逃げるぞ」

浪人者がそう言って、銭箱を抱えて外へ出た。

ここでさらに金を出させるかどうか少しの躊躇《ちゆうちよ》があったため、少し時がずれた。さらに悪いことに自身番が集めた捕り手となる男たちは、この家のすぐ近くに控えていたため、一気に大人数が家に向かって走り出したのだ。浪人者と茂助が外に出た時は、既に道の左右から提灯を提げ、刺股《さすまた》や棒を持った男たちが駆けつけてくるのが見えた。

「こんな早くに来るとは、どういうことだ」

賊の二人は紅潮した顔で目を合わせた。二人とも同じことを考えた。逃げるのは無理である。つまりはここに立て籠《こも》るより仕方ない。二人は再度家に入った。

浪人者が、最初に駆けつけた捕り手の男たちに言い放った。

「この家に近づくな。さもなくば、この家の者らの命はない」

浪人者は、戸を閉めた。

この様子は二階の雄太にも分かった。

——しまった。段取りが狂った。捕り手が駆けつけるのがあまりに早すぎたのだ。

浪人が、戸の隙間から外の様子を見ながら、茂助に言った。

「おい、その二人を後ろ手に縛っておけ」

茂助が、常に用意している縄を袂《たもと》から出して奥に居たさだに近づいた。

「ひえー」

さだが、怯えて叫んだ。

「騒ぐな。大人しくしろ」

さらに角兵衛の方を向いた。

「お前もこっちへ来い」

角兵衛夫婦は、奥の間に並んで縄で後ろ手に縛られた。

角兵衛は、もはや度胸が据わったようだ。賊の二人は、思ったより狂暴な様子には見えなかったし、これまでの押し込みでは殺しなどはしていないと聞いていたからだ。

さだに小声で言った。

「大丈夫だ。きっと助かる。騒がぬ方が良い」


屋敷の外では、男たちが騒ぐだけで、誰も家の中に手出しは出来なかった。

そこに、勝次郎が新之助とともに駆けつけた。

勝次郎が自身番の男に聞いた。

「どうなったんだ」

「いえ、賊は銭箱持って出てきたんですが、俺たちの駆けつけるのが早すぎたのか、俺たちの人数に驚いて、ここの御隠居夫婦を人質にして立て籠りやがったんです」

「なんだって！　雄太はどうしてる」

「呼子を吹いたあと、この家の二階に隠れているはずでさあ」

勝次郎と新之助は、顔を見合わせた。

「まずいことになったな」

新之助が腕を組んだ。

「御隠居と奥方の命がかかってるんですから、雄太も不用意に手出しは出来んでしょう。相手は浪人といえども二本差しの武家だ」

勝次郎は頭を抱えた。

「雄太は、俺の指図どおりにしたまでだ。しかしこの家に来ると分かってりゃ、家を空《から》にして外から見張ってりゃ良かったんだが。しかたねえな」

雄太は二階の床に這いつくばっていた。この家も天井板がそのまま厨子二階の床板になっていて、節穴《ふしあな》があった。音を立てないようにして、その穴から下を見ていた。

雄太は腰の鼻捻棒を握り締めた。町人二人が相手なら何とかする自信はあった。しかし立ち振る舞いから見て浪人者は、剣術がそこそこ出来ると見た。さらにここでは、角兵衛とさだの命がかかっている。何か道具はないものか。しかしこの二階には布団ぐらいしか置いていなかったように思える。しかも暗闇で何も見えない。段梯子の上り口からほのかに階下の行燈の光が漏れているだけだ。

——この梯子……。

思い出した。確かこの梯子は、外すことが出来るのだ。梯子の幅は一尺半ほど、これを使えぬか。

この家は、玄関の土間から見て正面に六畳間があり、賊はそこにいる。右手が土間敷の台所。角兵衛らが縛られている奥の間も六畳だが、右手に板間があり、段梯子は、そこに降りている。つまり、梯子を下りる様子は二人の賊からは見えにくいはずだ。

そう思った時、二人の男の声がした。

「旦那、どうするつもりです」

「うむ、この屋敷の裏へ出られれば、小名木川はすぐだ。わしらの船がある。何とか裏へ逃げられぬものか」

「ここは、裏口はないようですぜ」

「いや、二階から裏に逃げられるかもしれぬ。お主、二階を見てこい」

雄太は、息を呑《の》んだ。

――うっ、上がってきやがる。ようし、やってやる。

雄太は足に雪駄を履《は》き、鼻捻棒を握り締め、梯子の上り口の正面へそっと移動した。

茂助が、梯子を上って来た。その頭が、雄太から見えた時、雄太は、ここぞとばかり、相手の喉元《のどもと》を棒で突いた。不意を突かれた茂助は、悲鳴を上げて下に転落し、大きな音を立てた。ほぼ同時に雄太は、二階から茂助めがけて飛び降りた。

喉を突かれた上に足で腹を踏まれた茂助は、悶絶して動けない。

「何事だ」

浪人が振り返った。

雄太は、梯子を両手で摑《つか》んで上に上げてみた。うまい具合に梯子は外れた。

雄太は、そのまま梯子を真横に倒し、抱えるようにして、浪人者めがけて突進した。

相手が太刀を抜いたその時、梯子が正面から胸を突いた。そして雄太の勢いそのまま胸から腰を強く押されるような形で、男は仰向《あおむ》けに土間に倒れ込んだ。背中が土間に着いたが、梯子を雄太が上から押し続けた。

「おのれ！」

男は、鬼のような形相《ぎょうそう》で梯子を払いのけようとした。そして右腕だけで太刀を振り回したものの、雄太には届かない。一方雄太は、渾身《こんしん》の力で、身体の重みを全部乗せるようにしてかまちの上から梯子を押し込んだ。如何に浪人者に腕力があろうとも、こうなってしまえば動けない。

押さえながら雄太は、首にぶら下がっている呼子を片手で口に持っていき、勢いよく吹いた。

外で控えていた、勝次郎、新之助と男たちは中での激しい物音に、ただならぬものを感じた。

新之助が「踏み込むか」と叫んだ時、呼子の音が鳴った。

数人の男たちが、一斉に玄関に走った。

戸を開けて中に入った男たちは、目を見張った。雄太が、一人で太刀を持った浪人者を梯子で押さえ込んでいるのだ。奥にはもう一人の賊が悶絶して倒れていた。賊の二人は、その場で捕り手によって押さえられ、角兵衛夫婦も保護された。

一人の町衆の男が言った。

「すげえ奴だな。素手で二人も押さえ込んだのか。しかも一人は侍だぜ。さすが勝次郎親分の手先だな」

道に出てきた雄太を勝次郎が、顔をくしゃくしゃにして迎えた。

「雄太、怪我はなかったか。角兵衛さんらは」

雄太が紅潮した顔で言った。

「大丈夫でさあ。飛び降りた時に少し足をくじいたかもしれねえけど、てえしたことはねえです。爺っちゃんらも縛られたけど無事です」

新之助が、なかば呆れた顔で言った。

「お前の、こういう喧嘩の時の勘の良さには、驚くな。危なかったが、よくやった」

賊二人が奉行所に引きたてられる時、新之助は、捕り手や、町衆の男たちを集めて言った。

「今宵、一連の押し込みの賊が捕まったこと、今しばらく内密にしてくれ。賊はこの二人だけではない」


次の日の夕刻、二人の賊の取調べが一通り終わった後、新之助は勝次郎、雄太とともに佐賀屋に向かった。

「せめて、客がいなくなってからにしようか」

丁稚が暖簾を下ろしかけた時、三人は佐賀屋に入った。

「北町奉行同心、高柳新之助である。佐賀屋の大旦那と手代の俊吉に話があって参った」

店の者らは、いきなり現れた八丁堀の旦那に驚いて顔を見合わせた。

すぐに、佐賀屋の隠居が顔を出した。

「これは、高柳の旦那、親分さんも、どうぞ奥の間へ」

ただならぬことであることはだれにも分かった。佐賀屋は険しい表情を隠すようにして商売人としての体裁を繕《つくろ》っていた。

　まもなく、俊吉が、青い顔で奥の間に現れた。

「単刀直入に申し上げる」

　新之助が懐から帳面を出した。

「これは、小品の会の仲間帳の写しだ。寺男の茂助にこれを売ったのは、俊吉、お前だな」

　俊吉は顔をこわばらせ、下を向いた。

「お前は、女遊びが過ぎて、つい小品の会の貯まっていた寄合い金に手を出してしまった。それを寺男の茂助に知られてしまった」

　佐賀屋の顔色が変わった。

「何だと、俊吉、それは本当か」

　新之助が、佐賀屋を手で制して話をつづけた。

「その後、茂助は住職が見ていた仲間帳のことを知り、二人住まいの隠居夫婦の家に押し込みに入ることを思いついた。飲み仲間の浪人に相談した茂助は、写しを作ってくれれば買ってやると、お前に持ちかけた」

　俊吉がさらに肩を落とした。

「会の金を使い込んでいたお前は、大旦那に気がつかれる前に何とか金を工面したかった。言われるままに二人住まいの隠居夫婦のところだけを抜粋した写しを作り、茂助が読めるようにカナまで振ってやった。そして茂助に売った。そうだな」

俊吉は下を向いたまま言った。

「その通りでございます」

「では、いくらで売った。茂助はその金を払ったか」

「一両です。その場ではもらえませんでしたが、後で確かに受け取りました」

新之助は、頷いた。

「うむ、茂助の言うことと一致する。確かなようだな」

俊吉は顔を上げた。

「しかし、手前はまさかそれを押し込みに使うなどということは、全く知りませんで」

「そうだろうな。茂助もそのことは言ってはいないと申した。ただな、お前が、会の寄合い金を使い込んだだけならば、奉行所は関知せぬことだ。大旦那とお前との間の話だからな。しかし、会の仲間に無断で仲間帳の写しを作り、それを売った、しかもそれが悪事に使われたとなると奉行所は、見過ごすことは出来ん。分かるな。お前の身柄《みがら》は奉行所で預かることにする。申したいことがあれば奉行所で申せ」

佐賀屋の大旦那は、畳《たたみ》に頭をこすりつけた。

「申し訳ないことでございます。これも手前の不徳の致すところでございます」

一連の取調べが済み、雄太は、呼ばれて髪結いの休みの日に勝次郎の家を訪れた。

新之助もいた。勝次郎は仕出し料理をとって、酒も用意していた。

勝次郎が、雄太に言った。

「一応、一件が落着したらよ、おらあ『足洗い』って言ってんだが、こうやって集まって飲むことにしてんだ。足洗いも何年ぶりかな」

新之助が料理と酒を見て言った。

「今日は、豪勢だな」

「ええ、角兵衛さんがね、例の盆栽の会の仲間内で、謝礼金を集めてくれたんでさあ。それで、旦那と俺にってね。いただいときましたぜ。それがこの料理と酒で」

「なるほどな」

雄太が聞いた。

「あの会はどうなるか、爺っちゃんは何か言ってましたかね」

「うん、さすがに佐賀屋の御隠居は、身を引いたよ。今まで集めた寄合い金も全部清算して、解散したらしい」

「もう盆栽好きの集まりができなくなるんすかね」

「いや、これからは、好きな者だけが、植木屋の与兵衛さんの家に月に一度集まるらしいぜ」

雄太の表情がぱっと明るくなった。

「それは、良かったすね」

勝次郎が新之助を見た。

「あの三人の罪状は、決まったんですかい」

「茂助とあの浪人に関しては、盗った金は十両にも満たねえし、誰も怪我させてねえ。しかし押し込みは重罪だ。死罪は免《まぬか》れぬだろう。手代の俊吉は、所払《ところばら》いってとこか、つまり江戸には住めなくなる」

「あの二人は、押し込みは重罪って分かっててやったんでしょうからね」

三人は酒を酌《く》み交《か》わした。

勝次郎が雄太を見た。

「しかし雄太、此度はおめえの手柄だぜ。初仕事で盆栽の勘働きから賊を押さえるところまで、一人でやったようなもんだ。この仕事、おめえに向いてるんじゃねえか。

とはいえ、くれぐれも無茶はすんなよ」

　雄太が、はにかんだ。

「へえ、分かりやした」

　雄太が新之助に聞いた。

「分からないのは、あの寺男の茂助ですがね。俺が長屋を張ってた時には、既に四件の押し込みを済ませてたわけです。金を持っていたはずなのに毎日、手仕事して安い酒飲んで寝てました。浪人と会っていた店も場末の安い店だ。おらあ、どう考えてもこの男は賊じゃないと思ったぐらいでね。どういう料簡《りょうけん》なんでしょうかね」

　新之助が杯をあけた。

「盗った金は山分けしたらしいが、茂助は、ほとんど使わずにあの長屋に置いておったそうだ。本人は、金があっても使えねえって言ったらしい。また、好きなことして楽に生きてる奴が腹立たしくて押し込みをやったなどとも言っておったそうだ」

　勝次郎が、つぶやいた。

「この稼業長くやってるが、罪を犯す者ってなあ、いろいろある。根っからの悪い奴、誰かに強い恨《うら》みを持ってしまった奴、それともう一つは、生まれながらの不幸を持つ奴だ。この場合は、世間に対して恨みを持つんだ。救われねえぜ。人の不幸がなくならない限り、こういった悪事はなくならねえな」

新之助が、雄太に言った。

「この広い江戸の町には、いろんな人間がいる。悪事を犯す奴にもいろいろある。しかし俺たちは、罪を犯した者を捕まえる。どんな事情があろうと、その者をしょっ引く。淡々とやるだけだ。それが俺たちの仕事だ」

雄太は、足洗いが終わって、酔い覚ましに夕暮れの仙台堀に来ていた。堀が大川にそそぐあたり、日がすっぽりと暮れる直前のこの墨絵《すみえ》のように見える景色が好きだ。潮の香りが混じる川風が気持ちよい。

自分がこの仕事に向いているのかはまだ分からない。しかし闇の中、見えない相手を探って追い詰め、そして押さえる。そのことに少しの取っ掛かりを摑んだ気がした。

第二話　狐《きつね》船頭

一

本所菊川町《ほんじょきくかわちょう》で炭薪《たんしん》仲買商を営む大黒屋《だいこくや》の当主仁左衛門《にざえもん》は、夜更《よふ》けに富岡八幡宮の裏手を流れ、このあたりでは十五間川《じゅうごけんがわ》とも呼ばれる油堀《あぶらぼり》を眺めていた。置石に腰を掛けて川風にあたってみても、何やら身体が重かった。

――今日は、どうやら飲み過ぎたか。しかも運が悪いな。

仁左衛門は、門前通りを少し北に入ったところにある料亭で開かれた炭薪仲買の寄り合いの帰りだった。

今日の会合は、揉めるような話も出ず、早々に終わって酒宴《しゅえん》となり、それも一段落したところで次第に引き揚げる者が出だした。仁左衛門も頃合いを見て、腰を上げたところ、津島屋《つしまや》の親父に摑まったのだ。この親父は、繰《く》り言を始めたら止まらない。商売上の付き合いもあるので最初はふんふんと聞いていたが、次第に話がまた元に戻り、繰り返される。本人は、酩酊《めいてい》していて分かっていないのだから始末が悪い。ああはなりたくないと思いながら、厠へ行くふりをして逃げ出してきた。料理屋を出たころには、店が猪《ちょ》牙船《きぶね》問屋や船宿から手配してくれていた猪牙船は、先に帰った客が乗って行ってしまって一艘も残ってはいなかった。店の者が駕籠《かご》を呼びましょうかと言ってくれたが、駕籠は好きではない。堀沿いに歩いていれば流しの猪牙船を拾えるかもしれない。

深川の町は水路が多い。猪牙船は、船賃を出せば、客を行きたい場所まで運ぶ商売で、使い慣れると便利なものだ。船首が猪《いのしし》の牙《きば》のような形をしている川船を使うのでそのように呼ばれる。たいていは猪牙船問屋や船宿が船を持ち、船頭を雇っているのだが、自分で船を持ち、一人で商売する私船頭などと言われる者もいる。

ふと見れば、川船らしい灯《あか》りが見えた。

——猪牙船か。そう運が悪くもないか。

仁左衛門は、これを逃してはなるまいと、腰を上げて、船に向かって声を上げた。幸い客は乗せていない。仁左衛門は川堤《かわづつみ》の石垣が、一段低くなっているところまで移動して船に乗り込んだ。

「やれやれ、助かった。船頭、菊川町まで頼む」

「へい」

仁左衛門は、この船頭には船賃を弾《はず》んでやっても良いなという気になっていた。

「大横川《おおよこがわ》を上がってくれ。竪川《たてかわ》の手前ぐらいでおろしてくれればいい」

ほとんど流れのない水路を船は滑《すべ》るように進み、油堀から仙台堀経由で大横川を北に進んだ。腰を下ろして、船縁《ふなべり》を摑んでいた仁左衛門が、酔いが回ってうとうとし出したその時、船頭が言った。

「このあたりでどうですかね」

仁左衛門があたりを見渡すと、竪川までもう少しある。

「もう少し先に行ってくれるか。いくらになる」

この距離なら、二、三十文《もん》ほどか。安いものだと思いながら懐からどんぶりと呼ばれる大きな銭入れを出し、後ろにいる船頭に顔を向けた仁左衛門は、ぎくりとしてたじろいだ。

船頭は、狐の面をつけていたのだ。

「何のまねだ」

仁左衛門が訝し気に男を見ると、男は傍《かたわ》らにあった三尺ほどの棒を手に取った。先に光るものがある。銛《もり》のように刃物がついているのだ。

「旦那、船賃はその銭入れ、そのまま置いて行ってもらいますぜ。それともここで川にはまりますかね」

一気に酔いがさめた。

――こういう男は危ない。

仁左衛門は咄嗟《とっさ》に腰の脇差に手をやりながら考えた。この男はどうやら玄人の追剝《おいはぎ》ではないようだ。初めてではないのだろうが、声色が妙に高く、やや上ずっており、人を馬鹿にしたような狐の面といい、少々頭がおかしくなっておるのやも知れぬ。こういう男は何をするか分からぬ。ここでこの男とやりあっても、怪我をするか川に落ちるかだ。銭入れの中には確か小判が二枚と銭が二分ほどあった。これぐらいの金で怪我をする方が損だ。

「分かった。銭入れはここに置いて行ってやる。岸に着けろ」

船頭は、左手で銛を持ちながら右手だけで櫓を操った。

「旦那、ついでに腰の脇差もそこに置いてもらいましょう。危なくてしょうがねえ」

仁左衛門は、仕方なく、脇差を腰から抜き、前に置いた。この脇差もそこそこ値の張るものだ。

「これでいいのか」

船頭は、船を岸に着けた。

仁左衛門は、船頭から目を離さず、ゆっくりと石垣を踏んで岸に上がった。

船頭は何も言わずに、幾分急いで竪川の方に進んで姿を消した。

――やはり今宵は運が悪いな。

ここで大声を出せば、このあたりの自身番の者が駆けつけるかもしれぬ。しかしそれもみっともない話だ。大黒屋の旦那が、船頭に二両ばかり取られて、夜中に大騒ぎしていたと噂になれば、店の体裁が悪い。ここは大人しく帰ろう。しかし、ほうっておけばまた被害が出るやもしれぬ。奉行所には届けておかないとな。そう考えながら仁左衛門は重い足取りで帰路に就《つ》いた。


髪結い屋の入り口の六畳間で、勝次郎と雄太は、新之助と会していた。

新之助が切り出した。

「ちょっと調べてほしいことがあってな」

「どんな件でしょうか」

勝次郎が煙管を手にしながら聞いた。

「実は、このところ深川近辺で夜中に猪牙船の船頭に船の上で脅されて、身ぐるみ剥がれるという事件が三件ほどあってな」

勝次郎が、首をひねった。

「猪牙船の船頭が、追剝の真似するとは、あまり聞いたことがないですな」

新之助が頷いた。

「襲われているのは、酒宴の帰りの商家の旦那衆ばかりだ。一昨日の夜、被害に遭ったのは、大黒屋という炭薪仲買商の店主でな。話を聞いたところ、油堀から乗船し、頼んだ場所の近くまでは連れて行く。気が付くといつの間にやら狐の面をかぶっていたそうだ」

「顔を隠すのに狐のお面ですかい」

「うむ、それで、銛のようなもので脅して、銭入れごと置いていけと言うらしい。以前の二件も同じような手口だから、間違いなく同じ賊だ」

「顔や年格好は分からないんでしょうかね」

新之助は苦い顔をした。「なにせ夜更けだ。皆、狐の面は頭に残っているが、乗り込むときに見たはずの船頭の顔は、誰も覚えちゃあいないんだ。年格好は、まあそこそこ若くて小柄な男ということだ」

雄太が聞いた。

「狐の面っていうのも色々あると思いますが」

新之助が頷いた。

「うむ、皆が言うところでは、能楽で使うような立派な狐の面ではないようだ。田舎《いなか》の祭りで使うような、縁日なんかで子供向けに売ってそうな安物の張り子の面ということだ」

江戸の縁日では、神仏や、あるいは七福神や妖怪、動物などの張り子の面が売られており、子供の遊び道具として人気が高かった。

勝次郎が腕を組んだ。

「気色の悪い野郎だが、その狐は手掛かりになるのか、それとも顔を隠すための単なる思い付きか、どうでしょうね」

新之助が、首を傾けた。

「狐の面から探るのは難しいだろうな。まずは、油堀近辺の猪牙船問屋を当たってくれるか。怪しげな船頭がおらぬかどうか。船問屋に雇われている船頭以外に流しの私船頭も含めて調べなければならないな」

勝次郎は頷いた。

「分かりやした。今から行ってきます」

勝次郎と雄太は、油堀沿いにある猪牙船問屋を訪れた。

店の番頭らしい男が、勝次郎に対応した。

勝次郎が声を潜めて、この一件を伝えた。

「……というわけで、そちらの船頭衆で、気になる者があれば、知らせていただきたいと思いましてねえ」

番頭の顔が険しくなった。

「手前どものところには、そんなことを仕出かすような船頭は一人も居りません。皆、身元もはっきりしております。お引き取り願いたい」

雄太は、そう来るだろうと思った。どこの店でも、雇っている船頭を疑われては店の信用にかかわる。厄介事にかかずらうのは避けたい。さて、どうするか。雄太は勝次郎の顔を見た。

勝次郎は、少し声色を変えた。

「今はまだいいんだよ。金やなんかを奪っただけだからね。しかし万が一そちらの雇い船頭にそのような者が紛《まぎ》れていて、客に怪我をさせるようなことになれば、ここでしばらく商売は出来なくなりますぜ。よろしいんですかい」

番頭の顔色が変わった。

　奥から話を聞いていた様子の店主が現れた。

「これはこれは、親分さん。御用の件ですか。ご苦労様でございます」

　店主は勝次郎の顔を知っているようだ。

「最近はぶっそうな話が多いですからね。このあたりも流しの船頭が増えているようでしてね。手前どもの船頭も含めて十分、気にかけておきますよ。それで賊が出たのは最近ではいつの夜ですかね」

「一昨日でさあ。八幡宮の裏手あたりの油堀を流していたようでね」

　店主は、番頭に帳面を出させ、自ら調べ出した。

「へえ、一昨日の夜は、忙しくてね。三軒の料理屋から呼ばれて、船は皆そちらへ回っておりますね。流しているような船はありませんね」

　勝次郎が頷いた。

「分かりやした。それだけ分かれば十分で。やっぱり賊は私船頭でしょうな」

　二人は店を出た。

　雄太が言った。

「親分、よく分かりやしたぜ。ああいう時には、逆に脅して聞き出すんですね」

　勝次郎が笑った。

「はなっから高飛車は駄目だぜ。はじめは、腰を低くして聞き出すんだ。それから場合によっちゃ脅すようなこともあらあな。いろんな人間がいるからな。もう一軒の船問屋に行ってみるか」

二

その夜、勝次郎と雄太、新之助は、再び髪結い屋に詰めていた。

「旦那、あのあたりの猪牙船問屋を二軒当たりましたが、一昨日の夜は、料理屋などに呼ばれて出払っていたようです。もとより夜は、店から声がかかるので、流しはしていないようです」

新之助が頷いた。

「そうであろうな。やはり私船頭か」

雄太が聞いた。

「私船頭は、どうやって調べればよいのですか」

「うむ、猪牙船稼業をするには、町奉行所へ身元を届け、鑑札《かんさつ》を切ってもらわねばならぬ。したがって、町奉行所で調べれば、鑑札を出した者の身元は洗える。しかし本所深川だけでも相当な数の船頭がいるからな」

　勝次郎が煙管を手にした。

「そうですな。それをしらみつぶしに当たるというのも無謀な話ですな。その上、鑑札を持たない、闇商売をしている船頭もいますぜ」

　新之助がひょいと指を立てた。

「そうだ。闇船頭を取り締まろうじゃねえか。勝次郎、おめえ夜に羽織着てな、遊び帰りの商人の真似して、油堀あたりで流しの猪牙船を拾え。それで、猪牙船が止まったら十手を出して、御用改めだと言って、鑑札を出さす。その時に船の上も改めるんだ。銛のような武器を積んでいないかどうかかな」

　勝次郎が、煙管を長火鉢にポンと当てた。

「なるほど、そりゃいい。やってみますか」


　次の日、雄太は店の買い出しが終わって、朝飯を食うと勝次郎のところへ向かった。勝次郎の手先となってから、用があろうがなかろうが髪結い屋には毎日顔を出すようにしていた。男手がないので髪結い屋の下働きの手伝いをさせられる時もある。今日の夜は勝次郎と油堀に向かう算段だ。

　昼時になり、客足が一段落すると、娘のかよが、店の裏庭で飼っている犬と小鳥や鳩《はと》の世話をしに行き、戻ってくると何やらそわそわしだした。

　母親のうめが言った。

「あんた、八幡様に行きたいんだろう」

　きょうは、月に一度の祭りの日であり、富岡八幡宮には縁日が出る。

「おっ母《か》さん、行ってきてもいい？」

　それを聞いていた勝次郎が言った。

「そうか、今日は祭りの日か。おい、雄太、おめえ、かよと一緒に縁日に行ってな、狐の面を買ってこい。どんなものか見ときたいんだ。違う手の物があったら全部買ってくりゃいい」

「狐のお面、何よそれ」

　かよが訝し気な声を上げた。

「いや、御用の件でな、ちょっと見ておきたいんだ」

　勝次郎が笑って言うと、うめがかよを見た。

　年頃の娘である。若い男と連れ立って行くのはいやなのか、様子を見たのだ。

　しかし、かよは、そんなことは全く頓着《とんちゃく》していないようだ。

「一人で行くよりいいわ。雄太さん、一緒に行きましょう」

うめが、今度は雄太を見た。

「雄太さん、悪いけど一緒に行ってやってくれるかい」

「もちろんです。行かせてもらいます」

勝次郎が、雄太に銭を渡した。

「これだけあれば足りるだろう」

八幡宮は、いつものように賑《にぎ》わいを見せていた。人の熱気に蟬の声、夏は盛りとなっている。諸国から来ているとみられる旅姿の者も多い。この者らは掏摸《すり》に狙われやすいと勝次郎から聞いていた。物売り以外に大道芸、見世物も人気である。特に人だかりになるのは猿回しである。

しかしかよの興味が向かうのは、猿回しなどではなく、簪《かんざし》などの小間物《こまもの》売りである。もちろん、深川の小間物屋に行けば、たいていそろっているのだが、そこには置いていないような、安物でも珍しいものが縁日では見つかることがある。

雄太は、子供の頃は漁師町の仲間と連れ立って来たものだが、ある時期から子供じみている気がして、来なくなっていた。

「まずはお参りしないとね」

かよがそう言うので、雄太もかよの後について、正面参道を進んで御本殿の前まで行き、お賽銭《さいせん》を入れ、久しぶりに柏手《かしわで》を打った。

「雄太さん、まずは、狐のお面を探しましょうか」

面売りは、すぐに見つかった。子供がたかっている。見れば、様々な面が並べてある。

人気のおかめ、ひょっとこ、七福神、妖怪では、鬼や天狗《てんぐ》のほか、酒呑童子《しゅてんどうじ》などもあった。そして動物では、猿、狸《たぬき》、そして狐の面があった。

「親父、そこの狐の面、見せてくれるか」

出店の親父に言うと、親父がその面を取って雄太に渡した。

張り子でこしらえた素朴《そぼく》なものだ。顔は白くて、目が吊り上がり、耳と口は赤く塗られて稲荷《いなり》神社にある瀬戸物の神具の狐の顔そのままだが、面だけ見ると妖怪のようだ。

「ほかの手はないのか」

「狐でしたら、ひとつありましたかな」

親父が出してきたのは、とぼけた子狐のような面だった。鼻も低い。

「こっちのほうが、かわいらしいわね」

かよが、横で笑った。

「親父、両方もらっていく」

雄太は、面を二つ手に入れ、さらに別の面屋で違う手のものを二つ買い求めたが、それらは最初の面とよく似ていて、目が吊り上がっていた。

それから雄太は、かよが、小間物売りを散々冷やかすのに付き合った。結局何も買わないのだが、一通り見ないと気が済まないようだ。

雄太は、退屈だが大事な親分の娘の付き添いだ。文句も言わずに付き合った。雄太はそもそも、これまで若い娘と接することがなかった。子供の頃は漁師町の連中と喧嘩に明け暮れ、それが一段落しても付き合いは、その辺りの友連ればかりだ。姉妹や親戚《しんせき》もいない。身近な女子と言えば母親ぐらいである。一つだけ気を付けていることは、いい女だなと思っても周りの連中のように目をやらないことだ。相手に気があると思われると癪《しゃく》に障《さわ》るし、女子に見とれる男の様子は、はたで見ていてみっともない。

しかし、このかよは、ちょっと特別だった。ひと月の間、接するうちに母親と同じように身内の距離で話をすることが出来るようになった。それは、かよが、相手が若い男であろうと気おくれしたりせず、ずっと前から知っている者のように心安く接することが出来る女子だからだ。これは、きっと勝次郎に似たのだ。最初はかよの顔がちょっと可愛《かわい》いと思って目をそらしたりしていたが、馴《な》れてくると何とも思わなくなり、目を見て話が出来るようになった。顔よりも、その表情の奥にある人そのものの感情の方に気がいった。

「雄太さん、疲れたでしょう。団子でも食べましょうよ」

かよも雄太に気を使っていたのか、団子を買って、出店の横にある床几に二人で腰を掛けた。葦簀が立て掛けてあって日陰《ひかげ》になっているので、風が吹くと気持ちがいい。

「かよちゃんは、縁日に来るとこれぐらい見て回らないと気が済まないのかい」

かよが笑った。

「まあ、そうね。若い女子同士で来たら、もっと廻《まわ》るけどね」

雄太は呆れた顔で団子をほおばった。

「そうそう、この前、うちの女子衆さんの一人が、私に変なことを言うのよ」

「なんだい。変なことって」

「旦那さんと女将さんは、雄太さんをこの家の、つまり御用聞きの跡取りにしようとしているんじゃないかって。そして私の婿養子にしようという気でいるんだろう、って言うのよ」

「何だって」

「それで、すぐにおっ母さんに聞いたわよ。そんなつもりなのかって」

「女将さんはなんて言ったんだい」

「笑ってたわ。そんなつもりはないって。雄太さんは、しばらくは御用聞きの仕事を手伝ってくれてるけど、お父っつぁんが仕事が出来なくなったら、きっと自分の家の料理屋の仕事をするだろうって。それに私にも髪結いの仕事を継がなくても、もしいい縁談があったら、姉さんのようによその家に嫁《とつ》いで行ってもいいんだって」

かよには四つ年上の姉がいて、玉の輿《こし》とまではいかないが、そこそこいい商家に嫁いでいた。

すぐに、母親に問い質すあたりは、かよらしいと思った。

「そうかい。親分や女将さんはそう思っててくれてるのかい。いいこと聞いたぜ」

「雄太さんはどういうつもりなの」

雄太は小さくかぶりを振った。

「先のことは、分からねえ。この仕事が自分の性《しょう》に合っているのかどうかもまだ分からねえしさ」

「そうよね。先のことは分からないわ」

夜更けになり、勝次郎と雄太は油堀へ向かった。二人とも股引を見せるようななりをせず、商家の旦那と手代のような格好で勝次郎は羽織を着て、雄太は少し離れて提灯を提げていた。しかし勝次郎は十手を羽織に隠し、雄太は手に持った風呂敷包みの中に鉤縄《かぎなわ》を入れていた。鉤縄は、先に鉤のついた縄であり、持ってきたのは相手が逃げようとしたときに船縁に掛けて逃がさぬようにするためだ。

夜が更けて五つ半になっても、提灯を灯した猪牙船が往来していた。たいてい客を一人乗せている。

そのうち、客を乗せていない流しの猪牙船が近づいてきた。勝次郎が、手を上げて声を掛けた。船頭が船を岸に寄せた。

雄太が提灯を掲げると、勝次郎が腰の十手を差し出した。

「御用改めだ。鑑札を見せてもらう」

船頭は、やや驚いたようだったが、

「何かありましたか」

と言いながら懐から鑑札を出した。私船頭のようだった。

その間、雄太は、船の上をじっくり見た。特に怪しげなものはなさそうだった。

勝次郎は鑑札を船頭に返すと、

「よし、鑑札を常に持っているとは感心だな。行っていいぞ」

と言った。

船頭は、そのまま船を出した。

その後、一刻（二時間）ほど、場所を変えて何人かの船頭に当たって改めたが、皆鑑札を出した。怪しげな船はなかった。夜も更けてきたので、船の往来がなくなってきた。

「そろそろ引き揚げるか」

勝次郎が言ったとき、また一艘の空の猪牙船が近づいてきた。

「あれを最後にするか」

その船は、勝次郎が手を上げるとすぐに近づいてきたが、勝次郎が十手を出したとたんに、船頭は血相を変えて岸から離れ、逃げようとして櫓を漕ぎだした。

「雄太、怪しい船だ。鉤縄使え」

雄太は、素早く鉤縄を取り出して、船をめがけて鉤を投じた。相当稽古しただけあって、うまい具合に鉤が船縁に掛かった。二人で縄を引いた。猪牙船はそれなりに大きいが、水に浮かんでいるだけだ。岸から引っ張られればどうしようもない。

船頭は観念したようで、抵抗しなかった。船は岸に引き寄せられた。

「おめえ、鑑札を持ってねえんだな」

勝次郎が問うと、船頭はこうべを垂れた。

「へえ」

「船に積んでるものをみせな」

雄太が提灯を照らしたが船には何もないようだった。

「おめえ、何で鑑札持ってねえんだ」

船頭は頭の弱そうな男だった。

「どうやってもらうのかもよう分からんのです。おら、字も書けねえし」

勝次郎は頷いた。

「そうか、今日は見逃してやるが、明日必ずこの近くの番所へ行け。すぐそこだ」

勝次郎は、番所の辺りを指で差した。

「名前は何という」

「太助《たすけ》です」

「俺は勝次郎っていうんだ。明日お前が来たら鑑札の届け出が出来るように、番所の者に言付《ことづ》けておく。よいか、必ず明日行って勝次郎に言われたと言え。鑑札がもらえるまで商売はしちゃいけねえ。分かったか」

船頭は頭を下げた。

「親分さん、御親切にありがとうごぜえますだ」

勝次郎と雄太は、それを最後に油堀を後にした。

歩きながら雄太が言った。

「親分、いいんですかい」

「今の船頭のことかい。あんな男をしょっ引いても仕方ねえだろう。俺たちの仕事はそういうもんじゃねえんだ」

雄太は、頷きながら何か嬉《うれ》しい気持ちになっていた。

「よく、分かりやした」

「猪牙船の船頭は羽振りが良くって女にモテると聞いていたが、あんな男もいるんだな」

よその御用聞きならば、手柄になると喜んでしょっ引いただろう。雄太はこの親分を好きになり始めていた。

三

それから三日の後、三人は髪結い屋の六畳間に会していた。

勝次郎が煙草の葉を煙管に詰めた。

「旦那、あれから三晩、油堀や仙台堀で、猪牙船を改めましたがね。闇商売する船頭は何人かおりましたが、その狐の船頭らしき者は、見つかりませんね」

新之助が、茶を口にした。

「うむ、もうしばらく、場所を変えて続けてくれるか。俺の方は、雄太が手に入れた狐の面を持ってな、被害を受けた三人の旦那に、どんな狐か聞いて回ったぜ」

雄太が聞いた。

「ど、どうでした」

新之助は、ひとつの面を取り上げた。

「これだよ。この手とおなじようだったらしい」

それは、雄太が最初に店で買った、子狐のようなかわいらしい面であった。

「やっぱりこれですか。店で見た時から気になってたんですよね」

「雄太、何かこれに覚えがあるのか」

新之助の問いに、雄太は首を傾げた。

「いや、どこかで見たような気がしましてね」

新之助と勝次郎は雄太を見た。

「ちょっとこの面お借りしてもいいですかね」

新之助が頷いた。

「うむ、何か手掛かりになるやもしれぬ。思い出してみてくれ」


雄太は、狐の面を提げて、自分のねぐらである小料理屋「しののめ」に戻った。夜の客はまだ来ておらず、母のあきと留吉が仕込みの最中であった。

「あら、今日は早いのね」

雄太は、狐の面をかぶって、二人を見た。

あきが笑った。

「なによそれ。子供みたいに」

雄太が、面を脱いで言った。

「いや、このあたりでこの面をかぶって追剝の真似をする猪牙船の船頭がいるらしいんだ。留吉さんも夜中に猪牙船には乗らない方がいいよ。特に流しの猪牙船には」

「あら、怖いわね。そんなのかぶって脅されたら」

あきの言葉に留吉が頷いた。

「おらあ、歩く方がいいから、夜に猪牙船なんざ乗らないけどな。で、それ何で持ってきたんだい」

雄太が首を傾げた。

「この狐、お稲荷さんに祀《まつ》ってある狐の顔と違うだろう。子狐みたいだ。どっかで見たような気がするんだよな。気になって持って帰ってきた」

留吉が、板場から出てきた。

「ちょっと見せてくれるかな」

留吉が面を手に取った。

「うん、この面な、覚えがある。深川稲荷の傍《そば》に『稲荷そば』って店があるんだ。確か、女将さんと雄太と三人で行ったこともある。その店の看板にこんな面がつけてあったな。店の中にも提げてあった」

留吉は、蕎麦《そば》に目がなく、深川中の蕎麦屋を知っていた。

あきが声を上げた。

「そういえば、行ったわね。もう三年ぐらい前かしら」

雄太も思い出した。

「ああ、あの蕎麦屋か。そういえばこんな面が提げてあった。よくある狐の面と違っておかし気な面だったので何か気になったんだ」

留吉が面を雄太に返した。

「あの店は、あの辺では人気でね。大坂のきつねうどんみたいに甘く煮た大ぶりの油揚げをかけ蕎麦に盛ったのが名物でね。稲荷神社の傍でもあるし、それを『稲荷そば』って名で売ったらこれが売れた。だから屋号もそれなんだ」

「今も店はやっているのかな」

雄太が聞くと留吉が首を傾げた。

「確か今は違う屋号になってたようだな。店も広くなってたな」

「そうなんだ。気になるんで明日行ってみるよ」

次の日、雄太は小名木川の河口寄り、海辺大工町にある深川稲荷に足を運んだ。小さな神社だが、このあたりでは親しまれていて、参拝する者は多いようだ。

それらしき蕎麦屋はあったが、様子が違っていた。留吉が言うように新しく建て直されたらしく、店が大きくなっていた。屋号も、「喜多屋《きたや》」になっていて、脇に「名物　稲荷そば」と小さく書かれていた。看板には、狐の面はなかった。

店の中は、そこそこ客が入っていたが、以前に来た時のような活気はなかった。一人なので壁ぎわの細長い床几に腰を掛けて、稲荷そばを頼んだ。床几の板もそこそこいいものを使っているようだ。

隣に初老の職人風の男が一人、蕎麦を食い終わったところだった。

雄太は声を落として聞いた。

「もし、このお店、以前は稲荷そばという屋号でしたよね。もっと小さな店で」

楊枝《ようじ》をくわえて、男は頷いた。

「そうよ。親父と息子の二人でやってたんだよ。やっぱりあの頃の方が旨かったな。この店に代わって味が落ちたよ。油揚げの煮込み様が、違うんじゃねえかな」

「その二人の店じゃなくなったんですかい」

その男は、雄太の目を見て、訳知り顔で話し出した。ちょうど話し相手が欲しかったのかもしれない。

「おらあ、良く知ってんだ、前の親父のことは。この店の稲荷そばが評判で、いつも売り切れるぐらい客が来てたんだ。そこへ、喜多屋って店の番頭が話を持ち掛けてきたらしい。もっと店を広くして、人も雇って、商売を大きくしませんかとね。当面の金は喜多屋が出すから一緒に商売しようって話さ」

「喜多屋ってのは、何の商売してるんですか」

男は頷いて、声を潜めながらも強い口調で言った。

「それよ、本所深川で、五、六軒も食い物屋を持ってるらしいな。しかしやり方が汚い。評判の店があると、ここと同じように話持ち掛けて、金出して大きくするんだ。そのうち、その番頭が元の持ち主をこき使うようになる。やめときゃよかったと思った頃にはもう遅い。すっかり店を乗っ取られちまって、そのうち手切れ金のようなものを渡されて、店を追い出される」

雄太は顔をしかめた。

「ひどい話ですね。それで、この店の親子は、どうしてるんですか」

「良くは知らないがね。親父の方は、もう商売はこりごりだって言ってたんで、貰った金だけ持ってどっかで隠居してるんじゃないかね」

「息子の方は？」

男は首を傾げた。

「深川で猪牙船の船頭をしてるという噂は聞いたことがあるな」

雄太はぎくりとした。

「猪牙船の船頭……ですか」

雄太は、店の中を見渡した。壁の一か所に目が留まった。「名物　稲荷そば」の品書きの横に掛けられた古ぼけた狐の面が雄太を見ていた。

雄太は蕎麦を食べて店を出た。男から話を聞いていたためか、そう旨いとは思わなかった。深川稲荷の前で、ふと足を止めた。境内に、普請《ふしん》の時などに寄進した者の名前や屋号が書いてある立札のようなものが見えた。雄太は神社の境内に入ってその札を見た。細かい字で多くの名が記されてある。注意深く見ると「稲荷そば」の屋号があった。

その時、社務所から一人の神職らしき男が出てきて境内を掃《は》き始めた。

——一芝居《ひとしばい》打ってみるか。

雄太は、腰を低くして男に近づいた。

「ちょっとお尋ねしたいのですが」

「何でしょうか」

男は雄太に顔を向けた。

「こちらの立札に屋号がある『稲荷そば』ですが、しばらくぶりに行ってみたら別の店になっておりまして、あそこの御主人はもう店をお閉めになられたのですかね」

「ああ、甚平《じんべい》さんの店ね。よくは知らないですが、人手に渡ってしまったようですよ」

「息子さんもおられましたね、確かお名前は……」

「ああ、亀吉《かめきち》さんね。お二人とも、今何をされているのか知りませんが、店があんなことになってしまってね。ちょうど去年の今頃ですかね。店の屋号も変わってここを出て行かれたようですよ。御気の毒にと言われる方が多いですね。せっかく繁盛していたのにね」

「なるほど、そうなんですね。わかりました」

稲荷そばが、喜多屋に乗っ取られた話は、このあたりの者は皆知っているのかも知れない。

雄太はその男に辞儀をして神社を出た。

――とりあえずはうまく蕎麦屋の名前を聞き出せた。店主が甚平、息子が亀吉だな。

次の日、早速雄太は、勝次郎と新之助に事の次第を伝えた。

勝次郎が腕を組んだ。

「雄太、よく聞き込んだな。じゃあ、おめえの察するところでは、その蕎麦屋の息子で、猪牙船の船頭している亀吉って男が怪しいということか」

「まだ分かりませんが、気になります」

「その亀吉という男、喜多屋とその番頭に相当な恨みを持っていることは、確かだぜ。しかしそうなら、何故、関係のない商人らを襲うのだろうな。旦那、どう思われます」

新之助は顎《あご》を触りながら目を落とした。

「罪を犯す者の多くはな、自分が不幸だと思うところから始まるんだ。特に自分は何も悪いことはしていないのに不幸になった場合、世間に恨みを持つ。誰彼なし、幸せに見える者から金を奪ってやろう、火をつけてやろう、殺してやろう。そういう悪行に走ってしまうことは、あるようだな」

勝次郎が頷いた。

「もし、その亀吉という男が世間、特に商人に恨みを持ったとしたら、此度のような悪行に走ることもあるということですな」

新之助が雄太を見た。

「雄太、その蕎麦屋が、店を追い出されたのはいつのことだ」

「去年の今頃と聞きましたが」

「それなら、その男が鑑札を持っているとすれば、この一年のうちに取ったということになるな。ひとまず奉行所で猪牙船の鑑札が亀吉という名の男に切られたかどうか調べてみる」

四

喜多屋の番頭、弥七《やしち》は夜更けに大横川の河岸を北に歩いていた。深川での商談の帰り、一人で飲み屋に入り、いい酒を頼んで結構飲んでしまった。評判のいい店で料理の味を見るのも大事な仕事の内だ。商売にしか興味はないので四十を過ぎて未《いま》だ一人者である。竪川沿いの本所林町《はやしちょう》の家までは結構遠い。しきりに川を気にしていた。猪牙船を拾いたいのだ。

弥七はもともと林町辺りで、小さな居酒屋をやっていた。自分は料理せず、若い板前を雇っていた。板前の腕は良く、そこそこ繁盛したが、板前に給金を払っていては儲《もう》からない。商売を大きくしたかった。そこで、同じ林町で小さな米屋を営んでいる喜多屋の主人に相談した。この親父、店は小さいが金は持っていて、金貸しを本業にしていた。弥七の店を大きくするための金を喜多屋に出してもらい、儲けは折半するということで話は進んだ。弥七の目論見通《もくろみ》り、店を大きくすると売り上げは上がり、儲けも増えた。やり手の弥七は、同じ手口で他人の店を大きくして儲けられないかと考えた。喜多屋の主人に相談してひとまず喜多屋の番頭になった。自分の店の屋号も喜多屋にして、そこでの商売もしながら評判のいい店に話を持ち掛け、店を広げ、儲けを出した。さらに欲が出て、店を喜多屋のものにしてしまうことを考え、あの手この手で、元の持ち主を追い出した。味をしめた弥七はこの手口を繰り返し、五、六軒の店の屋号を喜多屋に替えてしまった。しかしその手口は次第にあくどいものになっていった。

喜多屋の主人はこの番頭に全部任せて、自分は金勘定《かねかんじょう》をしているだけだった。

猪牙船らしい灯りがちらと見えた。弥七は声をかけて船を止めた。

「竪川へ出てくれるか。林町の三丁目あたりだ」

船に乗り込むときに提灯の灯りに船頭の顔がちらと見えた。どこかで見た覚えのある顔だったが、猪牙船の船頭に知り合いなどいるはずがない。

船は北に進んで小名木川を渡って、菊川町を過ぎれば、竪川に出る。左にかじを取り竪川を西へ進んだ。船の往来がなくなってきたところで、船頭は漕ぐのをやめた。

「おい、三丁目は、まだ先だぞ」

弥七は、そう言って船頭の方を振り向いて、ぎょっとした。

船頭は顔に狐の面をかぶり、手に銛を提げていた。しかし弥七は怯《ひる》まなかった。

「この野郎、おめえ、うわさに聞く物取りの船頭だな。おめえなんぞにやる銭は一文もねえよ」

弥七は腰の脇差を抜いた。若い頃から喧嘩には慣れている。それにこの船頭は玄人ではないと見た。

船頭が言った。

「おめえから、銭をとるつもりはない。命をもらうぜ、喜多屋」

船頭は立った位置から腰を下ろしている弥七の胸めがけて銛を突いてきた。

弥七も必死で、咄嗟に身体をひねって、銛を避けた。銛の刃が、脇腹をかすめた。

その振動で船が大きく揺れて、弥七が川に転落した。

川面《かわも》は暗い。船頭から弥七の姿が見えなくなった。

——潜《もぐ》りやがったか。

しかし動くものが見えた。船頭は夢中で銛をその場所に投じた。銛は刺さったようで、柄の部分が川面に突きたったように見えた。

その時、呼子の音が鳴った。

これをたまたま見ていた町人が近くの自身番に駆け込んだのだ。

自身番の者がその場に駆けつけた時には猪牙船の姿はなかった。

川に落ちた弥七は、自身番の者らに助けられた。


「勝次郎、喜多屋の番頭がやられたぞ」

髪結い屋に詰めていた勝次郎と雄太は、驚いて訪れた新之助の顔を見た。

「なんですって、喜多屋が」

雄太の声に、新之助が入り口のかまちに腰を掛けて言った。

「昨夜だ。例の狐の船頭だ。しかし今までとは違う。銭をとらず、いきなり銛で突き掛かって来たそうだ」

勝次郎が聞いた。

「それで喜多屋の番頭は、どうなったんで」

「川にはまったところに銛を投げられ、肩辺りに刺さったが大事はないようだ」

勝次郎が雄太を見た。

「運のいい野郎だな。しかし喜多屋と狐船頭がつながった。雄太、おめえの見当付けが、どうやら当たっていたようだな」

新之助が雄太を褒めた。

「うむ、その船頭、明らかに喜多屋の番頭に恨みを持っている。これまでの物取りは、足慣らしのつもりだったか。雄太の言ったとおり、稲荷そばの息子の亀吉、疑わしいな」

勝次郎が新之助に聞いた。

「旦那、鑑札の方はどうでした」

「ここ一年の帳面を調べたが、亀吉という名の船頭に、鑑札は出していないようだ。もとより復讐《ふくしゅう》が目的なら鑑札など要らぬからな」

「さてこれからどうしますか」

新之助が勝次郎と雄太を見た。

「数日すれば、あの番頭の傷も癒《い》え、話もできるようになるだろう。見舞いということで林町の喜多屋の店に行って番頭に聞き込みしてくれるか。奴が船頭の顔を見て少しでも引っ掛かっていれば覚えているはずだ。亀吉ではなかったかと聞いてみればいい」

数日後、勝次郎と雄太は、林町の喜多屋の番頭の店を訪ねた。もともと番頭が持っていた居酒屋だ。番頭はそこの厨子二階で、寝泊まりしている。あらかじめ使いを出していたので、番頭は待っていた。店はまだ仕込みの最中で客はいなかった。店の者に案内されて二階に上がると、番頭だけでなく喜多屋の主人も待ち構えていた。番頭は布団に横になっていたが起き上がった。

「親分さん、此度はわざわざ御足労かけまして」

言葉は慇懃《いんぎん》ながら、御用聞きなど見下しているという気持ちが口元の表情に出ていた。横にいた喜多屋の主人は、小柄な老人で、小さく辞儀をしただけでむっつりしていた。いかにも吝嗇家《りんしょくか》の金貸しという体《てい》の苦虫をかみつぶしたような顔つきで、雄太は虫唾《むしず》が走った。

勝次郎が番頭に言った。

「番頭の弥七さんですね。此度はえらい災難でしたね。お見舞い申します。怪我の方は如何《いかが》でございますか」

「いい医者にかかっておりますので、あと四、五日で外も歩けるだろうとのことです」

「そりゃあ良かった。実は今日は、ちょっとお伺いしたいことがありましてね。いや、手間暇は取らせません」

「なんでしょう」

番頭は脇に目をやったまま気のない顔で返事した。

「その船頭のことですがね、船に乗り込むときに顔を見ませんでしたかね」

番頭はかぶりを振った。

「暗かったのでね。良く見えませんでしたので覚えておりませんね」

「誰かに似ていたということはありませんかね」

番頭が顔を上げた。

「誰かとは？」

「例えば、大工町の稲荷そばの息子の亀吉」

番頭の頬がぴくりと動いたのを勝次郎は見逃さなかった。

「いいえ、あいにく全く覚えてはおりませんので」

「では、もうひとつ、船頭がかぶっていた狐の面ですが、稲荷そばの看板に提げていた面に似ていませんでしたかね」

番頭は首を傾げた。

「そう言われれば似ている気もしますが、どこにでもある狐の面でしょう」

「そうですか」

番頭は勝次郎を見た。

「親分さんは、あの蕎麦屋の息子が、手前に恨みを持っているとお疑いのようにお見受けしますがね、それは全くの見当違いというものです」

「と、言いますと」

「あの親子には、手前どもが金を出して店を広げ、随分世話してやったつもりです。しかしもう蕎麦屋をやめたいと言い出すので、手切れ金のようなものまで渡しました。勝手に出て行ったのです。感謝されこそすれ、恨まれるような筋合いは一つもございません」

勝次郎と雄太は、喜多屋を後にした。

「あの番頭、何か隠しているな」

雄太は頷いた。

「あの船頭が、亀吉であるということを知っているということですか」

「そう思えるが、なぜ隠すんだ。それが分かんねえな」

亀吉は、本所のとある裏長屋に身を隠していた。日当たりの悪い陰気な長屋だ。周りは年寄りの一人住まいばかりだった。

間口一間、奥行き二間の長屋の部屋に入ると、音を聞きつけたのか隣の婆《ばあ》さんが来た。

「あんた、腹減ってるんじゃないのかい。これ食べな」

と言って、握り飯を置いていった。おせっかいな婆さんだが、この長屋で唯一《ゆいいつ》自分に声をかけてくれる住人だ。

あの蕎麦屋を追い出されて、一年。どうしてもあの番頭を痛い目に遭わせてやりたかった。いや、殺してしまってもいいと考えていた。密《ひそ》かに番頭の跡を追うと、夜はたいてい深川界隈《かいわい》で一人で飲み食いした後、猪牙船を拾って帰ることが分かった。それで猪牙船の船頭に成りすまして番頭を乗せ、襲うことを考え、古い猪牙船を手に入れた。しかし金も欲しい。追剝の真似もやって次第に度胸がついて来た。

あの日、やっとの思いで喜多屋の番頭を船に乗せることが出来た。川にはまった番頭に銛を投じて、確かに身体に刺さったのは見えたのだが、呼子が鳴ったので逃げるより仕方がなかった。死んでいれば葬儀《そうぎ》をするはずだ。亀吉は林町の店を何度か見に行った。喪中《もちゆう》の様子もなかったので、死んではいないとすれば残念だ。しかしもうよい。あと二、三回追剝の真似をして、金がたまったら江戸から逃げよう。そんなことを考え、蒸し暑く、狭い長屋の部屋の中で隣の婆さんが置いていってくれた握り飯をほおばった。

日が暮れようとしていたその時だ。長屋の戸ががらりと開いた。

「久しぶりだな、亀吉」

亀吉はその男の顔を見て仰天した。

「お、おめえ、喜多屋の番頭、何でここが分かった」

番頭は、勝手にかまちに腰を下ろした。

「おめえには痛い目にあわされたが、この通り生きてるぜ。俺が死んだかどうか、店の様子を何度か見に来ていただろう。そんなことをしてちゃ、居どころがばれちまうぜ」

五

十日ばかり、何もなく日が過ぎた。

「親分、亀吉はもうやめてしまったんですかね。追剝の真似は」

勝次郎は、太く息をついた。

「かもしれねえ。目的があの番頭を襲うことだったとすれば、一矢報《むく》いた気になってやめちまったのかもな」

そこに新之助が現れた。

「勝次郎、昨夜、狐がまた出たぞ。今度は本所のほうだ。銭をとられただけで客は無事だ」

「え、あの野郎、また始めやがったのか。どのあたりでやす」

勝次郎が地図を広げた。

「大横川のこの辺り、入江町《いりえちょう》だな。しかし今度はひとつ、新たなことが分かった」

「何ですか」

「襲われた客が言うには、船の船首、つまり猪の牙の形の所に屋号に当たる船印《ふなじるし》があったそうだ」

雄太が首を傾げた。

「船印とは何です?」

「猪牙船問屋や船宿が所有する船には、その店の屋号のしるしが焼印とか刻印で記されているんだ。自分のところの船とすぐに分かるようにな。客から見たらそれが猪牙船の信用にもなる」

「で、どんな船印で」

勝次郎が問うと、新之助が頷いた。

「瓢箪《ひょうたん》のしるしだそうだ」

新之助が懐から紙を出した。

「その被害にあった客に描いてもらったんだがな、こんな形の瓢箪らしい」

「なるほど、よくある千成《せんなり》瓢箪の柄ですな」

「俺の聞いたところでは、だれもこんな船印、知らねえんだ。ちょっと調べてみてくれないか」

「分かりやした」

勝次郎は、雄太とともに深川の猪牙船問屋を何軒か当たった。しかし店の者は首を傾げるだけで、知らないという。

三軒目に当たった問屋の番頭が言った。

「私は見たことがないですがね。古いものかもしれませんので、店の主人を呼んできます」

まもなく店主が現れた。歳は六十を過ぎていると見える。

店主は、その瓢箪の絵を見てすぐに言った。

「これはまた古い船印ですな。もう三十年も前にこの辺りにあった若松屋《わかまつや》さんの船印ですな。とうに店を閉めてしまわれたんですがね。この印のついた船がまだあるんですか」

勝次郎の目が光った。

「なるほど。では、御主人の考えでは、この瓢箪の船印のついた船は、もはやこの深川には残っていないということですね」

「三十年も前のものですからね。たまたま古手の船屋に残っている場合もあるでしょうが、この船印の付いた船はまず見つからないでしょうね」

勝次郎が頭を下げた。

「御主人、ありがとうございます。それだけ分かれば十分です」

二人は船問屋を出た。

「雄太、これはいいことを聞いたぞ。つまりあの瓢箪の船印の船は、あの亀吉の船で、他にはまずないってことだ」

雄太は頷いた。

「それならば、昼のうちにどこかに舫ってある瓢箪印の船を探せばいいんですね」

「そういうことだが……」

二人は髪結い屋に戻った。

「雄太、それなんだがな」

勝次郎は、煙管に煙草の葉を詰め、一服吸いつけた。

「おめえの友達連れは、漁師が多いんだろう。船が漕げる奴はいねえか」

「と、いいますと」

「いや、本所深川のすべての掘割を歩いて見て回るのは、てえへんだからな。特にこのあたりは入り組んでる。船で行くのが一番だ。俺が川船を一艘借りてくるから、誰か船頭出来る奴に頼めねえかな」

雄太の頭に、三吉の顔が浮かんだ。身体が大きい三吉は船を漕ぐのは得意だと聞いていた。

「一人、出来る奴がいますので、聞いてみます」

次の日の朝、魚河岸に買い出しに出た雄太は、三吉と会った。

「三吉、ちょっと頼みがあるんだが」

　雄太は事情を説明した。

「川船でもだいじょうぶかい」

「川の方が、よっぽど楽だぜ。波がないしな。ちょっとこつは要るが何度も漕いだことがある。面白そうだから手伝うよ。朝は漁があるから昼からなら行けるぜ。ただし兄貴らには内緒だ。捕り物の手伝いはするなと言われてるんだ」

「分かった。誰にも言わないよ」

　すぐに勝次郎に言うと、勝次郎は喜んでその日のうちに川船を一艘借りてきて堀川町の水路に舫った。


　翌日、現れた三吉を見あげて、勝次郎が叫んだ。

「こりゃまた、でけえのが来たなあ。いい身体じゃねえか」

　三吉が身体をかがめるように辞儀をした。

「三吉と申します」

　勝次郎は、しきりに三吉の肩を叩いて笑った。

「しばらくこの船、使っていいからよ。おめえら二人で深川中の堀、廻ってくれるか、それから本所もだ。瓢簞の船印の船探してくれ。奴は、夜は追剝の真似をするが、昼間は真っ当に船を流して商売しているのかもしれねえ。つまり行き交う船も見なきゃなんねえ。分かったか」

二人は船に乗り込んだ。雄太は、自分で描いた堀の地図を出して三吉に見せた。深川には相当な数の堀がある。一つ一つつぶしていかねばならない。

「三吉、ゆっくりでいい。船印は俺が確認するからな」

「面白そうだな、こういう仕事はしたことがないからな。今日のうちに深川の堀は全部廻ろうぜ」

雄太は良く知らなかったが、注意深く見れば船には様々な船印があった。印のない船は、主にその船頭の所有するものである。停泊する船、行き交う船、雄太は目を凝《こ》らした。また日中は、猪牙船よりも荷を運ぶ船が多い。堀端はたいてい商家の蔵になっていてそこから荷出し、荷入れをするのだ。どこの堀も活気に満ちていた。

「じゃまだ、じゃまだ」

船頭らから、何度も怒鳴《どな》られた。

三吉は、戸惑った。

「狭い堀を行くのは、これはこれで、なかなか難しいもんだな。しかし面白いぜ」

猪牙船問屋や船宿の船溜まりには、その店の船印を付けた船が出番を待って整然と並んでいた。なかなかの壮観である。

深川中の堀をくまなく見たつもりだが、瓢箪印の古船は見つからなかった。

「三吉、東の木置き場の方まで行ってみるか。昼間に船を隠すならあっちの方がいいだろう」

木置き場の水路を廻ってみたが、その辺りは猪牙船すら見つからず、木材を運ぶ大きな船ばかりだった。夕暮れが迫って来た。

「仕方ない。今日は、親分のところへ帰ろう」

三吉は頷いて言った。

「明日も行こうじゃないか。明日は夜まで粘《ねば》ろうぜ。やっぱり猪牙船探すんなら、夕方からだろう。たいていは金持ちの旦那衆が遊びの行き帰りに使うんだから」

「いいのかい、遅くなっても」

「いいさ、雄太んちで晩飯食わしてもらうんで夜は遅くなるって兄貴らには言っとくからよ」

雄太は笑った。

「分かったよ。明日は晩飯付きだな」

六

雄太と三吉は、次の日は、陽がすっかり傾いてから船を出した。今日は停泊している猪牙船を探すのではなく、往来する船を見るつもりだった。やはり、猪牙船が動き始めるのは夕刻から夜更けである。

出がけに勝次郎が言った。

「おめえら、日が暮れてから、瓢箪印の船を見つけたら、ゆっくり船に近づき、御用改めなので悪いが船を岸に着けるようにと静かに言え。いいか。そこで相手が逃げようとしたら初めて鉤縄なり、棒なり使って押さえ込め。そして縄掛けたら、一人が呼子を吹き、一人が近くの番所まで走れ。それで奉行所と繋《つな》がるはずだ」

勝次郎は、呼子や鉤縄などを雄太に手渡した。

二人は船を出した。

「三吉、今日は遅くなりそうだから船で腹ごしらえがいるだろう。店から握り飯持って来たぜ」

「なんだい、夕飯は握り飯だけかい」

「いや、いや、おかずもあるぜ。留吉さんが揚げてくれた天麩羅に、だし巻き卵だ」

「おお、それは楽しみだな」

二人は昨日と同じように、深川の掘割をゆっくりと廻り始めた。雄太は目が慣れてきたのか、猪牙船の船印は、大方分かるようになってきた。大きな船問屋のしるしは何度も見ているので、一目で区別がつくようになった。船に直に焼印を押しているだけでなく、のぼりを掲げている船もあり、これは分かりやすい。それ以外の珍しい船印だけを注意して見るようにしていた。しかし瓢箪印の船は、見つからない。

一刻ほど堀を廻ると、日が暮れてきた。

「三吉、暗くなる前に腹ごしらえするか」

「そうしよう。腹が減って来たぜ」

仙台堀にちょっとした船溜まりがあったので、そこに船を止めて、二人は弁当を広げた。

「日が暮れたら、大横川を上がって本所の方まで行ってみるかな。狐は大横川で出ることが多いんだ」

同じころ、喜多屋の主人である伊之助《いのすけ》は、深川であった米屋の寄り合いの帰り道であった。

番頭の弥七の手腕で、食い物屋商売がうまくいっている。面倒で儲からない小さな米屋は閉めてしまうことにした。今日、米屋の寄り合いに出たのは、その挨拶をするためである。

妻に先立たれ、一人娘は他家に嫁いでしまい、一人暮らしだ。米屋の奉公人は一人いるが、暇を出すつもりだ。伊之助はこの頃、後々のことを考えるようになった。自分が死んだら、自分の金は娘夫婦にくれてやろうと考えている。しかし娘夫婦は自分が金をこれほど持っていることは知らない。死んでしまったらあの番頭にかすめ取られてしまうような気がする。店はあの番頭にやってもいい。しかし自分の金は別だ。近々に娘夫婦にしっかりと伝えなければならない。

歳はとうに六十を過ぎている。このところ長く歩くのは辛《つら》い。たいていは猪牙船を使うのだが、番頭の弥七があんなことになったからためらっていると、弥七が、

「行き帰りとも、加賀屋《かがや》の船を頼んでおきます。のぼりが立っているので安心ですぜ」

と言って、船を手配してくれた。加賀屋は竪川沿いに昔からある船問屋で、そこの船なら何の心配もない。

仙台堀の約束の場所へ出向いてみた。日は暮れかかっているが、まだ堀の様子は良く見える。猪牙船が一艘見えた。加賀屋ののぼりが立っている。

伊之助が近づくと、船頭が小さく辞儀をした。

「喜多屋の旦那様ですかね」

「そうだよ、ご苦労さんだね」

「お待ちしておりやした」

伊之助は安心して船に乗り込んだ。

「林町だ。大横川を上がって、竪川へ出てくれるかい」

船頭は船首に提げた提灯に灯をともし、船は仙台堀を東へ進んだ。


雄太と三吉は、弁当を食い終わっていた。

「旨かったなあ。しかし、おめえんちのだし巻き卵は格別だな」

「そりゃ、作ってんのが、玄人だからな。そろそろ行くか」

「暗くなって来たから、提灯付けるか」

三吉がそう言って提灯の支度をしていると、西の方から客を乗せた猪牙船が来て、雄太たちのいる船溜まりを通りすぎた。加賀屋ののぼりが見えた。

——加賀屋だな……。

雄太はそう思って、何気なく船の様子を見て、ぎくりとした。

船首に加賀屋とは違う船印の焼き印が見えたのだ。それは瓢簞のような形に思えた。

「おい三吉、今の船、加賀屋ののぼりが立っていたが、瓢簞のような船印が見えた気がする。暗くてよく分からなかったが」

三吉が櫓を手にした。

「何だって。追いかけるか」

「頼む。明らかに様子がおかしいぜ。船が古いように見えたし、それにあの客」

三吉が提灯を付けて船を出した。

ちょうどそのころから船の往来が激しくなって、暗がりの中、その船を見失いそうになった。

「あの船、山本町《やまもとちょう》の方へ曲がったように見えたぞ」

雄太がそう言ったので、三吉は、その堀を左へ折れて山本町の方へ船を進めた。

「おいここ、行き止まりの堀じゃねえか」

三吉が声を上げた。

「しまった。別の船と間違った。すまん、戻ってくれるか」

二人はその船をすっかり見失ってしまった。

「雄太、落ち着いてようく考えろ。どこへ行ったらいい」

「今思い出したんだがな、あの客、喜多屋の店主に似ていたように思える。だとしたら、喜多屋が襲われるぞ。もし喜多屋とすれば林町だ。大横川へ出て、北へ上がろう」


喜多屋の伊之助の乗った猪牙船は滑るように、大横川を上った。小名木川を越えて、菊川町のあたりまで来た。すっかり日が暮れて、このあたりでは船の往来は、疎《まば》らになった。

伊之助は船の上に腰を下ろして、前を向いていた。船頭は後ろにいる。この川筋が陰気なせいか、どうも嫌な気になり始めた。船の進み具合も遅くなっている気がする。

――この船頭、本当に加賀屋か。

伊之助は、町人ながら若い頃に剣術道場に通っていたことがある。剣術の心得は少々はあり、脇差も常に腰に差していた。嫌な気配は殺気のようなものだ。

伊之助の思った通り、船頭は、船を川岸に寄せて、漕ぐのをやめた。

「船頭、どういうつもりだ」

伊之助が後ろを向くと、そこには、狐の面をかぶり、銛を持った船頭がいた。

「おめえ、番頭の弥七を襲った船頭だな。加賀屋に成りすましたか」

「問答無用だ。喜多屋、悪いがお前には死んでもらわねばならない」

伊之助が向き直って脇差を抜いたと同時に、船頭が伊之助の胸をためらいなく突いた。

銛の先は伊之助の胸にぐさりと刺さったが、伊之助は、銛の柄を左手でむんずと摑み、右手の脇差で、年寄りとは思えない気合で船頭の顔を斬り上げた。狐の面が真っ二つに割れて中から血が飛び散った。

三吉が懸命《けんめい》に船を漕いで大横川を進むと、加賀屋ののぼりを立てた猪牙船が一艘見えた。

「あれじゃねえか」

目を凝らした雄太が叫んだ。

「おい、三吉、あの船の上で斬りあいになってるぜ。ええことになった。急いで近づいてくれ」

船上の客は、すでに動かなくなっていた。船頭は顔を押さえてうずくまっている。

雄太は、流されつつあった船の船縁に鉤縄を掛けて、三吉は、船を岸につけた。

二人は岸に上がり、縄を引っ張り、猪牙船を岸に寄せた。灯りは猪牙船の提灯だけである。

船の上は、客の胸から流れ出した血でまみれている。真っ二つに割られた狐の面が転がっていた。雄太も三吉もこれだけ凄惨《せいさん》な現場を真近で見るのは初めてだった。

「ひどいもんだな。大人同士の殺し合いとは、こんなものなのか」

三吉は顔をそむけた。

雄太が、客の顔を見れば、やはり見覚えのある喜多屋の主人だった。

「三吉、番所へ走ってくれるか。俺はここで待っている」

三吉は番所へ走り、雄太は懐から呼子を出して吹いた。

まもなく、三吉とともに近くの自身番の者が駆けつけた。呼子が聞こえたのか別の番所からも数名の者が、また近隣に住む火消しの男らも駆けつけた。

雄太が叫んだ。

「誰か医者を呼んでくれるか。二人ともまだ生きているかもしれん」

「おい、誰か戸板持ってこい」

誰かが叫んだ。

船上の二人は番所へ運ばれた。

「三吉、おめえ、船で戻って親分連れてきてくれるか。走るより早いだろう」

「分かった。まかしとけ」

雄太は、船に残っていた凶器の銛と二つに割られた狐の面を持って番所に向かおうとし、血に染まった面の裏側に目をやったとき、足が止まった。提灯の灯りに近づけると、その面の内側に血で汚れてはいるが、卍の朱印のある布切れが貼り付けてあった。

――こ、これは前に寺男の仲間帳の写しにあったものと同じではないか。

雄太が番所へ行くと、医者が来ており手当てが始まっていたが、客の老人は、誰が見てももうこと切れていた。船頭の方は、顔を斬られて出血が多いがまだ生きていた。

医者が懸命に手当てしているところに勝次郎が三吉とともに現れた。

勝次郎が医者に聞いた。

「先生、どんなもんですか」

医者は苦い顔をした。

「そちらの客とみられる御老人は、胸を一突きされて助からなかった。こちらの若いお方は、右の頰を深く斬られて出血がひどい。この血が完全に止まらないと危ないですな」

勝次郎が、船頭に話しかけた。

「おい、教えてくれ。お前は稲荷そばの息子の亀吉だな」

船頭はわずかに頷いた。

「亀吉、教えてくれ。なんで喜多屋を襲った。番頭だけで十分だろう。何かあったのか。教えてくれ」

亀吉は懐に手をやって何か、懸命に伝えようとしていた。

「本所の……」

「本所の、何だ」

「と、く、べ、……」

その脇には、真っ二つに割られて血で染まった狐の面があった。

七

亀吉は、朝方に息を引き取った。

稲荷神社近隣の亀吉を知る者らが呼ばれ、死体がかつての稲荷そばの息子、亀吉本人であることが確認された。親の行方は分からなかった。

亀吉は、死ぬ間際に勝次郎に「本所の徳兵衛《とくべえ》長屋」と長屋の名称らしき言葉を吐いた。その辺り一帯が調べられ、亀吉の住処《すみか》の長屋が突き止められた。四人の客から奪った金は、ほとんど手つかずのまま亀吉の部屋で発見された。

喜多屋伊之助の葬儀は、林町の寺で執《と》り行われた。番頭の弥七が取り仕切った。大きな商売をしていたにもかかわらず、参列者はまばらだった。親族は娘夫婦だけである。新之助、勝次郎、そして雄太も顔を出した。勝次郎は、一人の老婆を連れていた。

葬儀の夜、番頭の弥七は、一人忍ぶようにして、喜多屋伊之助の住む米屋を兼《か》ねた家に入った。

米屋の店から繋がっている、帳場を兼ねた六畳間である。行燈に灯をつけた。

「確かこの辺にあったはずだ」

弥七は、畳を上げて、床板を外した。中から壺《つぼ》を取り出した。

「あの親父、相当ため込んでやがったからな」

蓋《ふた》を開けると、小判交《ま》じりの銭がどっさりあった。

弥七の口もとが緩んだ。

その時、表の戸ががらりと開いた。

弥七が驚いて顔を上げると、行燈の灯に浮かび上がったのは三匹の狐の顔。

ぎくりとしてよく見れば、それは狐の面をかぶった三人の男だった。

「な、なんだ、てめえら。何の真似だ」

真ん中の男が面を外した。

「北町奉行同心、高柳新之助である。喜多屋番頭弥七、喜多屋店主伊之助殺しの疑いで奉行所まで来てもらおうか」

「な、何だって。なんで俺が喜多屋の旦那を殺さなきゃいけないんだ。殺したのは亀吉だろう」

「お前は、伊之助のもとで喜多屋の店を増やした。確かにそれはお前の手腕でやったもんだ。だがそれは伊之助の金があってのことだろう。しかしお前はそれを自分の力だけで成したと思い込んだ。挙句《あげく》に喜多屋全部を自分のものにしたくなった。その壺の中にある伊之助の金も含めて全部をな。そこに亀吉が現れた。ちょうどよい。亀吉に殺させせようと段取りをつけ、亀吉に十両の金を渡した」

弥七は横を向いた。

「呆れた話だ。死んだ亀吉が、そう言ったとでも言うんですかい」

あとの二人も面を外した。勝次郎と雄太だ。

今度は勝次郎が口を開いた。

「確かに、死人に口なしだ。亀吉は、何も言えずに死んだ。懐の十両だけを残してな」

「そんな十両は、知りませんね。どっかで追剝した金でしょう。俺がやったという証になるものが、あるんでしょうかね」

勝次郎がにやりと笑った。

「弥七、ぬかったな。亀吉の住んでいるような長屋は、壁が薄いんだ。おまけに節穴まであいている。十日ほど前、亀吉の長屋に行っただろう。そこで亀吉に殺しを依頼し、十両の金を置いていった。江戸から逃げる手配も請《う》け負ったそうじゃないか。隣に住む婆さんが、節穴から全部見ていたそうだ。亀吉に客など珍しいのでな。頭のしっかりした婆さんだ。葬儀に連れてきたら、間違いなく、その日来たのはお前だとよ」

弥七の顔が、次第に色をなくしていった。

新之助が言った。

「弥七、早まったことをしたな。伊之助は、自分が死んだら店は全部お前にくれてやるつもりだと、米屋の仲間にもらしていたそうだぜ。恩を仇《あだ》で返したな」

弥七は、がっくりと肩を落とした。


事件は落着したが、人が二人も死んだことは新之助らの思惑《おもわく》の外であった。

髪結い屋に戻った三人は、どうも晴れ晴れした気にはなれなかった。

雄太が言った。

「俺があの時、あの船を見失わなければ、殺し合いの前に船頭を押さえることが出来たんです。それならば、あの二人は命を落とさずに済んだのに……悔しいですぜ」

勝次郎が言った。

「いや、そう言うな。お前はよくやったぜ。お前が、あの船を見つけてなかったら、亀吉は、夜中に船の上で死んでただろうよ。そうなれば『徳兵衛長屋』って言葉も聞き出せなかったんだ。そして話を聞いていた婆さんとも会えなかった。つまりはあの番頭をしょっ引くことは出来なかったことになる。だからよくやったよ」

新之助も頷いた。

「そうだな。あの婆さんがいなければ、亀吉が、番頭の時と同様に喜多屋への恨みで犯行に及んだという筋になってしまい、番頭をあげることは到底できなかったな」

勝次郎が首を傾げた。

「しかし、亀吉のやつ、最期によく長屋の名を言ってくれたもんだ。何故その名を言ったんだろうな。ひょっとしたら隣の婆さんが聞いていたことを知っていたのかもしれねえな。しかしあの婆さん、俺たちが行く前には、恐《こわ》くて誰にも言えなかったようだがな」

勝次郎が雄太を見た。

「俺が何よりうれしいのはよ、おめえと三吉に怪我がなかったってことだよ。お前らが亀吉を押さえるって言ってもな、相手は刃物持ってるんだ。おまけに日が暮れてる。お前らがいくら喧嘩慣れしてるっていっても、大怪我してたかもしれねえぜ。だからよかったんだよ」

雄太が頷いた。

「確かに、手伝ってもらった三吉に怪我させたら、えらいことですからね」

勝次郎が指をひょいと上げた。

「そうだ、三吉と言えば、此度のことでよくわかったんだがな、やっぱり深川での捕り物には船がいると思うんだよな。あの三吉、船頭として役に立ちそうだ。いい塩梅《あんばい》に、漁師の三男坊だっていうじゃないか。漁師やめて俺の手先として働いちゃもらえないか、聞いてみてくれねえか」

雄太が頷いた。

「俺も三吉がいてくれたら、心強い。早速聞いてみますぜ」

雄太がちょっと横を向いて思案した。

「ところで、今思い出したんですが、ちょっと妙なことがありまして」

新之助が雄太を見た。

「何かあったか」

「いえ、亀吉の狐の面の裏側に卍の朱印のある布切れが貼り付けてあったんです。それは、別なところでも見た覚えがありまして、例の押し込みをやった寺男の持っていた仲間帳の写し、あれにも貼ってあったんです」

「同じものなのか」

「そう思えるのです」

新之助と勝次郎が首を傾げた。勝次郎が言った。

「何かのまじないの札かね。どこかの寺のものかもしれねえが、聞いたことはないな」

次の日、魚市場の買い出しの後、再び魚河岸に出向いて三吉を呼び出した。

雄太が勝次郎の話をすると、三吉の目が光った。

「あの勝次郎親分の手伝いで、船を漕げるんだな。それで金がもらえるのか」

「そうだが、どうした。今も漁師船を漕いでるんだろう」

三吉は、真顔になった。

「実はな、親父と兄貴二人と四人で漁をしているんだが、実際のところ四人でも三人でも水揚げは変わらねえんだ。船は一艘だしな。おまけに上の兄貴が嫁を貰う話があってな。そうなれば家は手狭になるし、食い扶持《ぶち》は増える。兄貴らは俺に網元の所で住み込み奉公させようかと考えてるようでな。親父とこっそり話してるのを聞いちまったんだ」

「そういう話か」

「網元の所へ行けば、陸《おか》働きだ。漁ができなくなるが、それより船が漕げなくなるのがつらい。俺は何より船が好きなんだ。漕ぐだけなら兄貴らにも負けねえ」

三吉の背丈は、既に二人の兄を超していた。

「分かったぜ。お前が欲しいのは、船が漕げる仕事と三度の飯、そして寝るとこだ」

「その通りだ。それがあれば、船頭以外のことでも何でもやるぜ」

「親分に話してみるよ。いや、今から一緒に行くか」

二人はその足で、堀川町に向かった。

勝次郎は、やって来た三吉に笑みを向けた。

「この前は、ご苦労さんだったな。助かったぜ。まあ、上がりな」

雄太は三吉の家の事情を話した。

勝次郎は、煙管に火をつけてふっと煙を吐いた。

「なるほどな、せっかく船を操れる腕があるのにその網元の住み込み奉公ってのは、いかにも辛そうだな。だが、この家に住み込みって訳にもいかねえしな」

勝次郎はしばらく思案したが、ふっと思いついたように二人を見た。

「そうだ、このすぐ近くの長屋に空き部屋が出来たと聞いた。そこをこの俺が借りようじゃねえか。つまりこの御用聞きの詰所ってところだ。詰所には常に留守番《るすばん》が要るからな。三吉、おめえがそこに留守番として寝泊まりすりゃいい」

三吉の顔がぱっと明るくなった。

「俺のために、その長屋を借りてくれるのですか」

「いや、そうじゃねえんだ。前から考えてたんだが、この入り口の六畳間で捕り物の話をすると、髪結いの客に話が筒抜けだ。よっぽど声を潜めなきゃなんねえ。やりにくくってしょうがねえ。だから別に詰所のような場所が欲しかったんだ。そこで留守番までいりゃ大助かりだ。船頭の用がないときゃ、店の手伝いもしてもらう。いや、男手が要るときもあるんでな、それでいいかい」

三吉にとっては、仕事があって一人で長屋住まいが出来るのだから夢のような話だった。三吉は大きな身体を小さくして頭を下げた。

「ありがてえ話で。親分さん、恩に着ます」

「手先が二人に、川船に、長屋の店賃か、こりゃ物入りだ。浅草の兄貴んとこ行ってくらあ」

第三話　神隠し

一

宵《よい》の九つ（午前零時）、深川のとある古寺を、町人とみられる女が二人訪れていた。この刻限になればもはや人通りはなく、深川の町も寝静まる。訪《おとな》いを告《つ》げる間もなく、現れたのは、頭巾《ずきん》をかぶった大柄の僧侶であった。二人の女は、本堂の入り口で僧侶の前に身をかがめた。

「その方らの事情はよく分かった。女子だけで子を育て、生きていかねばならぬ。誰も助けてはくれぬ身、生計《たつき》の道は険しい。我々の信徒になることを許す」

僧侶は、書付を二人の前に置いた。

「これはその方らが、生きていく術《すべ》を書き記したものだ。しかしある程度事を成せれば、一旦やめて、他の場所へ身を移し、生き延びよ。その時の見定めはお主ら次第だ。見誤れば生きていくことは出来ぬであろう」

女の一人が、深く辞儀をして、書付を受けとった。

僧侶がさらに言った。

「これは、此度の術の守りとなる印の入った布、なくしてはならぬ故、術に大事となるものに貼り付けておくよう」

女の一人が言った。

「有難《ありがた》くお受けいたします。これはわずかながらのお布施《ふせ》にございます」

奉書紙に包んだ銭を僧侶の前に置いた。

三吉は、勝次郎が詰所として借りた長屋での生活を始めていた。白露《はくろ》の頃になっても日中はまだ残暑が厳しいが、夜になると虫が鳴き始め、秋の訪れを教えてくれている。

今日は、雄太が誘って「しののめ」で早い夕飯を二人で食っていた。

「どうだい、親分のところは」

雄太が聞くと、三吉は頷いた。

「まだ、始めたばかりだが、髪結いの下働きも結構忙しいもんだよ。だが女将さんには良くしてもらってるぜ。親分さんが外に用があるときは、近場でも船出してるしな。

川船の船頭はもう慣れたもんだ」

　仕込みをしながら聞いていたあきが言った。

「あそこの店は、髪結いも客も女ばっかりだからね。若い男が近くにいてくれると安心なのよ、きっと。それに店の女子衆も張り合いがあるというものよね」

　雄太が聞いた。

「親父さんや、兄さんらは、どう言ってる」

「そりゃ喜んでるぜ、俺が勝手に奉公先見つけて来たんだからな。捕り物の手伝いをするなってのは遊びでするなってことで、本気で仕事にするなら何ら問題ねえってよ。網元への奉公話も決まったわけじゃなかったんだ。親兄弟そろって親分さんのところに挨拶に行ったさ」

「そりゃあ、良かったな」

　飯を食い終わった二人は、夕暮れの漁師町へ出た。午前中の喧騒を思えば、別の場所かと見間違うほど漁師町は静まりかえっている。

　ある家の前で人だかりがしていた。

「三吉、おめえの家の方じゃねえか」

二人は、人だかりのある家に駆け寄った。

「健吉《けんきち》さんの家だな」

家の前では、漁師で主人の健吉とその女房が、困った顔で漁師町の男たちに話をしていた。

その男たちの中に蛤町の若衆組《わかしゅぐみ》を率《ひき》いている忠三《ちゅうぞう》という男がいた。歳は三十前ぐらい、この町では何かと頼りになる男だった。

「忠三兄さん、何かあったんですかい」

三吉が言うと、忠三が振り向いた。

「おお、三吉、雄太、実は健吉さんの子供が一人、いなくなっちまったようでね」

話を聞けば、健吉夫婦には子供が五人おり、いなくなったのはその一番下の末吉《すえきち》という五歳の男子だ。兄弟や、近所の子供らと一緒に遊んでいたところ、気が付いたらいなくなっていたとのこと。子供らで随分探したが見つからず、兄弟の上の子が泣きながら帰って来たという。

忠三が、健吉に聞いた。

「末吉が、一人で行けるような、親戚とか知り合いの家は、あるんですかい」

健吉が、うなだれて答えた。

「知り合いの家は、全部聞いて回ったんだがね。どこにもいないんでさあ」

忠三が頷いた。

「よし、漁師町の男衆ら集めて、皆で探そう。日が暮れてくる。早く動くに限るぜ」

こういう事態になると、漁師町の結束は固い。蛤町の男たちが、総出になって手に手に提灯を持ち、動き出した。雄太と三吉もこれに加勢し、子供の名を呼びながら漁師町を歩いた。漁師町は入り組んでおり、一軒家もあれば長屋もあり、商売をしている店もある。細い路地もある。どこからも夕餉《ゆうげ》の煮炊きの匂いが立ち込めていた。

半刻（一時間）も歩いたが、見つからない。

「五つの子が、一人でそんな遠くに行くはずもないがなあ」

三吉の声に雄太が首を傾げた。

「こういうのって、昔からよくあるんだろう。神隠しってやつだ」

「そうだな、しかし実際は神隠しなんてありゃしない。たいていは子盗りだ」

「なんだい、子盗りって」

三吉は笑って雄太を見た。

「俺もよく知らねえ。おめえんちのお袋は、こんなことは言わなかっただろうが、うちのお袋はよく言ってたぜ。子供の頃、夜になかなか寝ないでいると、遅くまで起きてると子盗りの親父がやって来るよって。それ言われると、俺は怖くてな。すぐに寝たふりしたもんだ。そのうち寝ちまう。そのころ俺は『子とり』の『とり』の意味が分からなくてな、空飛ぶ方の『鳥』だと思ってた。だから、からすの格好した黒い男が来るのかと思ってたんだ」

「なんだ、そりゃ。子供だましの話かい。確かに身代金目的のかどわかしっていうのとは違って、子供をさらうという者がいると聞いたことがある」

「それでどこかに売り飛ばすのか。ひでえ話だな。雄太、健吉さんの前では、こんな話、しちゃだめだぞ」

「分かってるさ。まだ子盗りと決まった訳じゃねえ。ところで三吉、あの健吉さんのところは、ちょっと立派な家だったなあ」

三吉が頷いた。

「そうさ、あの家は、網元の親戚筋だからな。それなりの構えさ」

それからさらに半刻ほど皆で探し回ったものの、末吉は見つからず、再び健吉の家に男らが戻った。皆の顔に疲労の色が見えていた。

忠三が皆に言った。

「明日、漁がある者は朝早いからな、引き揚げてくれていい。残った者らでもう少し探してみようじゃねえか。どこかの家に上がり込んで寝ちまったのかもしれねえ」

忠三は、雄太の方を見た。

「雄太、子供が見つからないようだったらな、明日、朝一番で勝次郎親分に伝えてくれるか。出来たら、この家に来てもらえれば助かるが」

忠三は雄太が、勝次郎の手先をしていることを知っていた。

「忠三兄さん、分かりやした。伝えます」

その晩、やはり子供は見つからなかった。


翌朝、雄太は三吉とともに勝次郎の家に行き、事の次第を伝えた。

勝次郎は、腕を組んだ。

「神隠しか。たまにあるんだ。とりあえず、その健吉さんところに行くか。三吉、船出してくれ」

三人は、船で油堀西横川を下り、大島川へ出て、蛤町へ向かった。

「親分、こんな場合、たいてい子供は戻ってこないんですかね」

雄太の問いに、勝次郎は渋い顔をした。

「そうだな。昨日の今日じゃ、まだ分からねえが、あと二、三日戻らねえようだったら、難しいな。海か川に落っこちたか、あるいは人さらいだな」

「辛いっすね」

三吉が言った。

「おめえら、二親の前で、暗い顔すんなよ」

三人は、健吉の家を訪ねた。

「こりゃ親分さん、わざわざ御足労を賜《たまわ》りまして」

健吉と女房は、頭を下げた。やはり、顔色は冴えない。

勝次郎は、努めて明るく話し出した。

「心配でしょうがね。こんなことは良くあることでね。ひょこっと帰って来るってことあるんでさあ。以前にも深川でね、子供が一人、旅芸人の一行についていっちまったんですよ。一行の中にも子供がいたんで、その子らに紛れてね。そのまま、一緒に飯食って、どっかの宿へ泊まった。次の日になって、この子は何処《どこ》の子だってことになってね。子供のことだ。色々あるんでさあ」

健吉の顔が少し明るくなった。

「念のために、その子の名前と、年格好、着物の柄とか書いていただけますかね。尋ね人の写し作らせて、自身番に配っときます」

健吉のしたためた書付を手にして、三人はその家を出た。

勝次郎は、二人に言った。

「俺たちにできるのは、これくらいしかねえんだ。人さらいの賊が身代金でも出せと言ってくりゃ話は別だが、たいてい何もない。そんなときは奉行所も動けねえ。子供ってのは、突然いなくなるんだ。だから神隠しって言われる。やり切れねえ話だぜ」

二

勝次郎が、詰所にした長屋の部屋は、間口が二間、玄関の土間を入ると六畳間が一つだが、土間の右手に二畳の別部屋があり、ここが三吉の寝床《ねどこ》である。奥行きは三間あり、竈《かまど》、流しは、六畳間の奥にある。そこに裏へ出る勝手口もあった。江戸の裏店に多い四畳半一間の長屋と比べれば余裕があるつくりだ。詰所として使い、三吉が一人で寝泊まりするには十分である。勝次郎は六畳間に小さな神棚を祀り、長火鉢も置いた。

三人で漁師町の健吉の家を訪ねた後、日が傾いてから、雄太は詰所を訪れた。髪結いの店の掃除を終えた三吉が戻って来て聞いた。

「健吉さんちの子は、やっぱり見つからねえのか」

雄太が頷いた。

「ここへ来るときに健吉さんの家を覗いたんだが、留守のようだった」

暫《しば》くすると、勝次郎が若い男と詰所に来た。雄太と三吉が見ると知った顔だった。

「おや、忠三兄さんじゃないですか」

勝次郎の顔が明るかった。

「今、店の方へ忠三さんが、知らせに来てくれたんだがな。子供が見つかったそうだ」

「えっ、見つかったんですかい」

雄太が思わず声を上げた。

「店で話すのも何なんで、こっちへ来てもらった。雄太と三吉もいるしちょうどいい。中で話を聞こう」

四人は、詰所の六畳間に上がった。勝次郎が忠三に聞いた。

「で、子供は何処で見つかったんで」

忠三が、少し顔をしかめた。

「それが、親分さん、妙な話でしてね。今朝、親分さんらが帰った後、近所の飯屋の女将さんがやって来てね。いなくなった子供の居場所を言い当てる祈禱師《きとうし》がいるらしいから見てもらったらどうだいと言ったらしいんでさあ」

「それで健吉さんらは行ったのかい」

忠三が頷いた。

「半信半疑ながらも、藁《わら》にもすがるというやつでね。その子の名を書いた紙と身に着けていたものがいるらしいんで、子供の寝巻を持ってね、大和町《やまとちょう》あたりにあるその祈禱師の家へ行ったらしいんですよ。その家には母娘で住んでてね。娘が祈禱するんだそうで」

「それで、その祈禱師は、子供は何処にいるって言ったんだ」

「娘が、深川の地図で、ここだと指さしたところは、何のことはない、八幡様の境内の隅でね。健吉さん夫婦がそこへ行ったら、一人で遊んでいたというんです」

勝次郎は目をむいた。

「何だって。それで、その子は一晩何処にいたんだい」

忠三が首を傾げた。

「いや、それが、五つの子ですからね。母親見たら泣き出しちまったらしくて、何を言ってるか要領を得ないようなんで。とりあえずは無事だったたってことを、親分さんに伝えなきゃならねえって健吉さんが言うんで、俺が請け負ってきたんでさあ」

勝次郎が、頷いた。

「忠三さん、すぐに来てくださって、ありがてえことで。俺たち三人とも気になってしょうがなかったんでね。子供が戻ったのは何よりだが、いったい何処にいたのか、それも気になるところなんで、明日にでも健吉さんの所へ出直しまさあ」

忠三が帰った後、勝次郎が煙管に火をつけて言った。

「おめえら、どう思う」

三吉が、首を傾げた。

「そんなことがあるんですかねえ」

雄太が言った。

「気になるのは、その祈禱師が今までどのぐらい、子供の居場所を言い当ててきたかってことですね。評判になってるってことは、相当言い当ててるんでしょう」

勝次郎が、雄太を見た。

「そうだ。気に入らねえよな。俺は祈禱師なんか信用しちゃいねえ。言い当てられるには何かからくりがあるんだ。あと、礼金をいくらとったかも気になるところだな」

次の日、勝次郎は雄太だけを連れて、再び健吉の家を訪れた。

夫婦は、勝次郎に頭を下げた。

「親分さん、何度も来ていただきまして申し訳ありません。息子は無事に戻りました」

「そうだってね。よかったじゃねえか。で、あの晩、子供は何処にいたか聞き出せたかい」

女房が答えた。

「今朝になって言いますのは、ちょっと年上の男の子について行ったらしいです。飴《あめ》をくれたんだそうで。その子の家まで行ったら、玩具《おもちゃ》がたくさんあって、子供も何人かいて、ずっと遊んでいたらしいんですよ。握り飯も食べたらしく、そのうち寝ちゃったようです。それで、昨日も朝からそこで遊んでいたんですが、その家の母親らしい人が、八幡様へ連れて行って、最初に会った男の子と遊んでいたそうです。私らが八幡様へ行ったときは一人だったんですがね」

勝次郎が頷いた。

「なるほど。だが、五つの子だ。その家の場所は何処か分かんねえんだろうな」

「分からないと言ってました」

「で、次にその祈禱師の母娘について聞きたいんだがね。礼金はいくら払ったんだい」

健吉が答えた。

「それがね、その母親がなかなかやり手のようでね。祈禱料は四十文ですが、もし子供が見つかれば、礼金を払うという証文《しょうもん》を書かされるんでさあ。礼金の額は書かないんですがね。耳元でね、礼金は一両ほどいただいております、高いと思ったら他所をお探し下さいって言うんですよ」

「で、一両払ったんですかい」

健吉は渋い顔で頷いた。

「まだ払っちゃおりやせんがね、これから金集めて、払わなきゃ仕方ねえでしょう。値切るようなこともしたくねえしね」

「分かりやした」

それから勝次郎は、その祈禱師の家の場所と、紹介してくれた女将のいる飯屋を聞き出し、健吉の家を出た。

雄太が言った。

「健吉さんの所は、網元の親戚筋らしいから一両ぐらいの金はなんとかできるんでしようね」

　勝次郎が振り返って、家の構えを見た。

「まあそうだろうな。子供がいなくなっちまったんだからな、親としちゃ、見つけてくれたらいくらでも出すって気にならあな。人の足元みてやがる。雄太、これから一人で聞き込みやってくれるか。その飯屋の女将に、誰から祈禱師の噂を聞いたか確かめて、まずそこから辿《たど》って行ってくれ。どういう母娘か知りてえんだ」

　雄太は、早速、その飯屋の女将を訪ねた。

「あら、あんたおあきさんの所の息子さんね」

　雄太は、軽く辞儀をした。同じ町内で、食い物商売をしているので繋がりはある。

「今、勝次郎親分の手伝いしてるんです。実は、例の祈禱師の件なんですがね、その噂どこでお聞きになりましたかね」

　女将は顔の前で手をしゃくった。

「それがね、末吉ちゃんがいなくなった日の二、三日前かねえ、女の客が二人で来てね。馴染み客じゃないよ。初めてじゃないかね。その二人がしゃべっていたのよ。その大和町の祈禱師のことを」

「それじゃ、噂のもとは知らない人なんですか」

「そうだよ」

「なんか手掛かりはないもんですかねえ」

女将はちょっと思案した。

「大和町ならね、美濃屋《みのや》って饅頭屋《まんじゅうや》があるわ。そこの女将さんが、噂好きでね。何でもよく知ってるのよ。きっと近所のことだからよく知ってると思うわ」

「なるほど、美濃屋さんですね。行ってみます」

雄太は、そのまま大和町へ向かい、店が閉まる直前にその饅頭屋に入った。小さな饅頭屋だが、売るだけの店ではない。店の奥の仕込み場で、主人と職人が饅頭を作っているようだ。売れ残った饅頭はそこそこあった。髪結い屋への土産《みやげ》には多いぐらいだが、女将に饅頭を頼んだ。

「残りの饅頭、全部もらっていいですかい」

女将が笑った。

「あら、気前のいいお兄さんだこと」

雄太は、饅頭を包んでもらう間、店の中でちょっと腰を掛けた。ここでは、勝次郎の名前は出さないでおこうと思った。

「女将さん、ちょっと聞きたいことがあるんだけどね。おらあ、蛤町で『しののめ』って小料理屋やってる女将の息子なんだがね」

女将が雄太を見た。

「ああ、蛤町の『しののめ』、女将さんが確か、おあきさんっていうんだよね」

「お袋のこと、知ってるんですかい」

「いや、会ったことはないんだけどね、別嬪《べっぴん》の女将って噂で聞いたことがあるんでね」

横から、店の若い女中が言った。

「うちの女将さんは、屋号でも人の名前でも一度聞いたら忘れない人なんですよ」

相当頼りになりそうな女将である。

「実は、先日知り合いの漁師の家の子供が行方《ゆくえ》知れずになったんです。それで、この近くの祈禱師に見てもらったら、居どころが分かって、子供は次の日に戻ったっていうんですよ」

女将が興味を示した。

「また、当てたのかい。あの子」

「女将さんは、その祈禱師の母娘のことご存じですかね」

女将が頷いた。

「知ってますとも。近所だしね。三年ほど前にここに越してきたのよ。話を聞いたら、娘は言葉が不自由らしくてね。言うことは母親だけが分かるみたいなのよ。だけど、娘は人に見えないものが見えるので、ここで祈禱師のような商売をしたいって言ってね」

「しかし、そんな看板揚げても客は来ないでしょう」

「ところが、その看板に『病気見立て　祈禱』と書いたのよね」

「病気見立てとは、どういうことで」

「病気を治す祈禱じゃないのよ。お客の具合を見立てて、それに合う薬を言い当てるのよ。これがなかなかの評判になってね。医者にかかると高くつくでしょう。売薬なら安いからね。でもどの薬が自分に効くのかは、よく分からない。十文や、二十文の祈禱料でそれを見立ててくれるならってね。それが結構、当たるらしくてね」

「理にかなった見立てをするってことですかい」

「そうなのよ。でも、ひどい病気の時は、薬を言わないらしいわ。代わりにどこどこの医者で診《み》てもらえと言うみたいなのね」

「へえ、どこの医者がいいってことまで言うんですかい」

「そうなのよ。それで、そんな霊験あらたかな祈禱師なら、別のことも分かるだろうっていろんな悩み事を言って来る客も増えてね。その中で去年の暮れに、迷い子になった子供がどこにいるか見てほしいって客が来たのよ。それを娘が深川の地図を見て指さして、ぴたりと当てたって、また評判になってね」

雄太が、腕を組んだ。

「なるほどね。そこそこ有名になったんだ」

「でも、この人探しに関しては、娘が首を振って分からないと言うこともあるらしいわ。それで母親は、当てても当たらなくても同じ祈禱料はおかしいと考えたのか、欲が出たのか、もし言い当てた場合は、礼金をもらうという証文を書かせることにしたらしいのよね」

「一両ってやつですね」

「そうね、それぐらいが相場らしいわ」

「で、その最初の迷い子から、今まで、人探しは何件ぐらい言い当ててるんですかね」

「今年になって、毎月、二、三件ぐらいの相談があるみたいだけど、当てるのは、月に一件ぐらいだそうね」

「ということは、すでに今年になって七、八件、言い当ててるってことになりますね」

「そうね」

「子供の歳はどうです」

「歳のいった子供は当たらないらしいわね。よく当てるのは、四、五歳の子って聞いたけどね」

「なるほど、よく分かりやした」

雄太は、饅頭の包みを提げ、女将に辞儀をして店を出た。

三

雄太は、その足で勝次郎の髪結い屋に向かった。

店の片付けが終わったところで、饅頭を出すと、女子衆らが群がった。

かよが、雄太に言った。

「おなか減ってたのよ。いただきますね。お父っつあんは、詰所にいるわよ。高柳様も一緒だと思うわ」

詰所を覗くと、勝次郎と新之助、三吉がそろっていた。

「おお、雄太、聞き込みはどうだった。何か分かったかい」

雄太が頷いて六畳間に上がった。

「大和町の饅頭屋の女将が訳知りでね。聞いてきました」

雄太は、女将から聞いた話を三人に伝えた。

「……というわけで今年になって七、八人も行方知れずの子供の居所を言い当てたようです」

じっと話を聞いていた勝次郎が言った。

「なるほど、その母娘、相当荒稼ぎしたわけだ。旦那、どう思われますか」

新之助は、ため息をついた。

「今の話だと、深川だけでも相当な数の子供が行方知れずになっていることが分かるな。そのうちの何人かは、単に迷子になって暫時《ざんじ》、誰かの世話になっていることもあるだろう。川や海に転落して命を落とした子もいるかもしれぬ。しかしそれ以外は、人さらいとみるのが妥当《だとう》だ。相当な数の子供が人さらいに遭っているのだ。奉行所に届けられるのは、この中のほんの一部にすぎん。奉行所が子供を探してくれぬことは皆知っているからな。で、話をその母娘に戻せば、雄太はこの件、どう察している」

雄太が、新之助を見た。

「人さらいの一味と祈禱師の母娘が結託しているとしたら、話が合います。四、五歳の子供ならどこへ連れていかれたのか分からない。一味は、何とか金の払えそうな家の子に狙いをつけて、子供を使ってかどわかす。その親が、祈禱師の所へ来れば、あらかじめ決めておいた場所を、娘が言う。一味は子供をそこに連れて行き、姿をくらますってとこですか」

新之助が聞いた。

「では、その親が祈禱師に頼まなければどうするのだ」

雄太が、首をかしげた。

「確かにそうですね。頼むとは限らねえ」

横から三吉が言った。

「俺なら、先に噂を流しときますがね」

雄太が、三吉を指さした。

「それだ。いや、飯屋の女将がどこから噂を得たかというと、その二、三日前に知らない女の客が二人来て散々その噂話をしたらしいんですよ」

勝次郎も身を乗り出した。

「そりゃ、確かに怪しいな」

勝次郎は、新之助を見た。

「旦那、こうしましょうか。子供の行方知れずは、たいていその町内で探して、収まっちまう。深川の各自身番に、四、五歳の子の行方知れずに関しては、俺んところへ知らせてくれるように触れましょうぜ。知らせが来たら、雄太が、その祈禱師の家の出入りを見張る。一味とつながってりゃ、子供の名前や子供を返す場所に関して必ず伝令が行くはずでさあ」

新之助が頷いた。

「わかった、そうしてくれるか。今の時点で奉行所からの通達は難しい。出来たとしても一味に我々の動きが漏《も》れてしまうかもしれぬ。雄太、張り込みの時だがな、伝令は、その日の夜中に来るかもしれない。ひょっとしたら町飛脚を使うかもしれぬ。気を付けよ」

雄太が新之助を見た。

「わかりやした。しかし、その伝令ですがね。一味から伝令で子供を返す場所を伝えたとしても、その親が祈禱師の所へ来るかどうかですよね。確かに来た、場所を伝えたということを、母娘から一味に伝えなきゃいけないんじゃないですかい」

新之助が指を立てた。

「確かにそうだ。それは、家の門口に何か印でもつけとけば済むことだが、それを見に来る奴がいるはずだ。いずれにせよ、誰が怪しいかよく見ることだ」

「それで怪しげな者がいたら、跡を付けるんですね」

「そうだ」


翌日から勝次郎は、雄太、三吉と手分けして勝次郎の顔のきく自身番を中心に、この件を触れて回った。書面ではなく、あくまで口頭で伝えた。

所々で、雄太に声をかける者がいた。

「あんたが勝次郎親分のところの雄太かい。一人で押し込み強盗の二人を押さえ込んだそうじゃないか」

普段、火消しなどをしている連中は、この手の話が好きである。あの一件で雄太の名前を知る者も増えてきていた。

また勝次郎は、大和町の祈禱師の家の向かいの家に掛け合って張り込みが出来るように頼み込んだ。

それから十日ほどして、夕暮れ時にある男から知らせがあった。伊沢町《いざわちょう》で、四つになる男子が行方知れずになり、町内の皆で探しているとのこと。

勝次郎が声を潜めるようにその男に言った。

「もし、明日の朝までその子が帰らねえようだったら、その親に言ってやってほしいんだが、大和町に、迷子の居所を当てる祈禱師がいるんだ。よく当たるらしいぜ」

勝次郎は、親が祈禱師に出向くように念を押したのだ。

その男は妙な顔をしたが、

「分かりやした」

と、了解して立ち去った。

勝次郎は、横で話を聞いていた三吉に言った。

「三吉、雄太のところ行って知らせてくれ。すぐに大和町に張り込みに行けって。それでな、おめえ、明日朝一番で伊沢町へ行ってな、その親が祈禱師のところ行くかどうか確認して、それから雄太の見張りに加勢してくれ」

三吉からの知らせを受けた雄太は、すぐに大和町の祈禱師の前の家の厨子二階から張り込んだ。母娘の家は借家の小さな一軒家だ。夕陽が西から差したその頃、娘らしき女が門口に出て、西を向いて夕陽に向かって手を合わせた。そして今度は、東を向いてじっと立ち、やがて一礼して家に入った。

――何かのまじないか。

その後、夜通し張り込んだがその後は誰も来なかった。陽が昇ってまもなく、三吉が来た。

「雄太、どうだった」

「いや、怪しげな者はいなかった。娘が夕刻に家から出てきて夕陽に手を合わせただけだ」

「子供の親は、ここへ来るようだぞ」

二人で様子を見るうち、夫婦者が通りかかり、周辺の家々の様子をうかがうようにしていた。そして祈禱師の看板を見つけて、頷き合って中に入った。

「あの夫婦だ。間違いない」

三吉が言った。

しばらくして二人は、あわただしく門口に出てきて、そのまま急ぎ足で立ち去った。

「この後だ」

すぐに人影が見えて、鉢植えを一つ門の外に出した。

二人が目を合わせた。

「あれだな、あれが目印だ。誰かがあの鉢植えを見ているのだ」

雄太の言葉に、三吉が頷いた。

「ここからじゃ分かりにくい。道に出るか」

二人は、外に出て分かれてその辺りを見張った。しかしその頃から人通りが多くなってきて、誰がそれを確認しているかを見極めるのは難しくなってしまった。

「おい、雄太、あの夫婦、もう子供のいる場所に着いているんじゃないのか」

「そうだな、そうなると、一味のやつらにもうあの目印は見届けられているんだろうな。伊沢町へ行ってみるか」

二人があきらめて伊沢町へ戻ってみると、親が、子供を連れて戻ってきたところだった。

雄太は頭に手をやった。

「してやられたな。伝令を見逃したのだ」

雄太と三吉は詰所に戻り、勝次郎に事の次第を伝えた。

「まあ、しかたねえな。次の手立てをじっくり考えようぜ」

「あの娘が外へ出て何かしたのでしょうか。そうは見えなかった」

勝次郎はにやりと笑った。

「裏飛脚って商売があるの、知ってるかい」

「裏飛脚？　知らねえです」

「裏と言っても、真っ当な町飛脚がやることもあるんだが、他の者に分からぬように本人にそっと文《ふみ》を届けるって商売だ。恋文とかが多いんだが、飛脚の格好をせず、町人の身なりでな、本人が家から出たところを見つけて渡すとかな。商家の若旦那なんかが、店の者に知られたくない者とのやり取りによく使うらしい。そういうことをして並みの料金より高くとるんだ。しかしこれが、怪しい稼業にかかわることもよくあってな、裏飛脚専門でやってるところもある。なかなか巧妙に伝令するらしいぜ」

四

雄太は、久しぶりに薬種問屋の茂二の家を訪れた。

「おお、雄太じゃねえか」

茂二は、相変わらず読本を手にして部屋に籠っているようだった。雄太は部屋を見渡した。

「相変わらずのようだな」

「おめえはどうだい、御用聞きの方は」

茂二は興味津々《しんしん》の顔で聞いた。

「押し込みを一人で押さえた話は噂で聞いたぜ。すげえじゃねえか」

雄太は、茂二の部屋に座り込んだ。

「実は、今は妙な子盗りの一件にかかわっていてな」

「子盗りだと」

「この話は、まだ内緒だぜ。よそで言うなよ」

雄太は、祈禱師の母娘の話を茂二に聞かせた。

茂二は熱心に話を聞いた。

「おもしれえ話だな。しかしその祈禱師の母娘、本当に行方知れずの子の居所を言い当ててるのかもしれねえじゃねえか。そうだとしたら捕り物にはなんねえぞ」

「そんな馬鹿なことがあるか。今年になって十件近く言い当ててんだぞ」

茂二は、にやりと笑った。

「この世の中には、人に見えないものが見える奴がいるんだ。『雨月物語』にもそんな話出てきただろう」

「ありゃ、作り話じゃねえか」

「じゃあ、その薬の見立てってのはどうなんだ。よく当たったんだろう」

「そっちの方はよくわかんねえが」

茂二がポンと手を打った。

「いいこと思いついたぞ。俺は、時々腹を下すんだ。うちは薬屋だから、色々あるんで、飲んでみたんだが、どうも合わねえ。それで親父のかかっている医者に薬を見立ててもらったのが、この薬でね」

茂二は薬の袋を雄太の前に出した。

「これは、『桂枝《けいし》加芍《かしやく》』って薬なんだが、煎《せん》じて飲むとよく効くんだ。今も飲んでるんだが、お前と俺で、その祈禱師の所へ行って、俺の腹のぐあいが悪いって言ってどんな薬を見立てるか、やってみたらどうだい。でたらめの祈禱かどうか見極めるんだ」

雄太が、目を丸くした。

「それは考えなかった。確かにその母娘、どんな様子なのか見てみたいな。どうやって薬を見立てるのかも知りたいところだ」

茂二は立ち上がった。

「今から行くか」

「ええっ、今からかよ。じゃあ行ってみるか」

茂二は雄太の身なりを見た。

「しかしそのなりじゃ、いかにも岡っ引きです、って様子で良くないな」

雄太は、まくり上げていた着物の裾を下ろした。しかし安物の着物の裾はよれよれになっており、どうもしっくりこない。

「俺の着物貸してやるぜ」

雄太は、茂二の着物に着換え、伊達《だて》の眼鏡《めがね》まで掛けると、すっかりおとなしい商家の息子のように見えた。

「おめえは、俺の兄貴で付き添いってことでどうだ」

「それでいい」

二人は、そのまま大和町へ向かった。

「雄太、俺が話をするから、お前は黙って見とけばいいよ」

「分かった、任すぜ」

門口に「病気、迷い子の見立て　祈禱」と書かれていた。

「ごめんください」

茂二が訪いを告げると、母親らしき女が出てきて軽く辞儀をした。やや老けて、やつれている様子ではあるが、おそらく雄太の母親ぐらいの歳、四十前だろうと思えた。

「初めてなのですが、病気の具合を見ていただきたくて参りました」

母親は、茂二の声に疑う様子もなく、

「お入りください」

と家の中へ通した。

玄関土間のからの上がり口に帳場のようになっている六畳間があり、その奥にもう一部屋見えた。奥に入ると巫女《みこ》のような姿をした娘が座っていて、辞儀をした。奥の壁には小さな神棚が設《しつら》えてあって、中央に丸い鏡があった。娘は神棚に向き直った。

茂二がその娘の顔を見て、少しぎくりとしたように雄太には見えた。

娘の後ろに、二人は座らされた。

「この子は、言葉が不自由なもので、私がおうかがいします」

母親が娘の脇に控えた。

茂二が顔を上げた。

「実は、手前はすぐに腹を下してしまうので、何か良い薬はないかと。売薬はあまり効きませんので」

「どんな売薬を飲まれましたか」

茂二はあらかじめ紙に書いておいた効き目のなかった薬の名を見せた。

「分かりました。ここで横になっていただけますか」

茂二が横になると、母親が茂二の下腹や胸の下あたりを触って、その手で娘の手を握った。あたかも手に伝わった病気の印を娘に伝えているかのようだった。

娘が神棚に向かって、何か呪文《じゅもん》のようなものを唱《とな》えだした。しばらくして母親の耳もとで何かささやいた。

母親が、紙と筆を出してきた。そこにさらさらと「桂枝加芍」と書いた。

「この薬をお求めください。必ず効きます故」

雄太は顔に出すわけにはいかないが、胸の内で仰天した。茂二を見れば、茂二は意外に平然としていた。

「ありがとうございました。この薬、求めてみます」

茂二は、礼金として二十文を置いた。

二人は、祈禱師の家を後にして道に出た。

雄太が興奮して言った。

「おい、言い当てたじゃないか。お前が飲んでいる薬を」

茂二は、しばらく黙っていたが、祈禱師の家から十分離れてから言った。

「あれは、祈禱に見せかけているだけだ。あの母親は、医者だな」

「何だって」

「俺の腹を触っただろう。あれは漢方医のやり方で切診《せっしん》というんだ。俺の診てもらった医者と全く同じように触った。身体の中の勢いを診るらしい」

「医者なのか」

「まだ話があるのだが、俺の家に帰ってから話そう」

薬種問屋の茂二の部屋に戻ると、茂二が話し出した。

「俺は、あの母娘を知っているんだ」

「え、本当か」

「あの二人は、亡くなった町医者の棟方《むなかた》先生の御内儀と娘さんだ。俺が子供の頃、うちの店に薬草を買い求めにあの御内儀が娘さんを連れて来ていた。もう十年も前のことで、向こうは俺のこと覚えちゃいないと思うけどな。娘さんは言葉が不自由で何を言っているかわからなかったのでよく覚えている」

雄太の目が光った。

「町医者の御内儀なら、医術の心得もあり、薬のことも良く知ってるってことか」

「うちのお袋なら分かると思うんで、聞いてみよう」

茂二が母親を呼んできた。

「おっ母さん、棟方先生の家族、あの後どうなったか知りたいんだ」

母親のいくが、部屋に入ってきた。

「何なのよ、急に、棟方先生の？」

「いや、大和町で、あの奥さんと娘さんらしき二人と会ったんだよ。偶然にね」

いくが、興味を持ったようでその場に座り込んだ。

「あら、そうなの。七、八年前にあの先生がお亡くなりになった後のことは知らないんだけどね。あの奥さん、名前はおしげさんって言ったかしら。娘さんのおゆうさんと先生の妹さんと三人でうちに薬草を買いに来られてたわね」

雄太が聞いた。

「そのお内儀は、薬草のことに詳しかったんですかい」

いくが頷いた。

「そりゃあもう、うちの番頭もびっくりしてたぐらいですからね。熱心な方でなんでも良く知ってらしたわよ。あの奥さんは身寄りがなくてねえ。唯一その先生の妹さんと仲が良くていつも一緒でしたけどね。その妹さんは、確かさくらさんって言ったわ。背が高くてちょっと蓮《はす》っ葉《ぱ》な感じの人だったけどね。その先生の家では手習塾もしていてね。さくらさんが、師匠役になって子供の相手をしていたらしいわ。でも好きな人が出来て嫁いでしまって、その後に先生が亡くなってお気の毒なことでしたよ」

雄太がさらに聞いた。

「その妹さんは、近くにおられるんですかね」

いくが、顔の前で手をしゃくった。

「それがね、好き合って一緒になった相手が町飛脚屋の若旦那だったんだけどね」

「え、飛脚ですか」

「玉の輿だと言われたんですけどね、その若旦那がえらい遊び人だったらしくて、結局、店の金持って、さくらさんと子供は置いて女と逃げちゃったらしいのよ。これは二、三年前の話、ひどいでしょ。その辺はうちの番頭の久兵衛《きゅうべえ》の方が知ってると思うわよ。店であの飛脚屋を使ってたからね」

いくが、番頭を呼んできた。

「久兵衛さん、あの若旦那が女と逃げた飛脚屋、あれからどうなったんだね」

番頭が、顔を見せた。

「ああ、あの町飛脚ね、大旦那さんも気落ちしてね。店を閉めてしまいましたね」

「あの、若旦那の奥さん、さくらさんはどうなったんだい。子供も二人いたと思うんだがね」

番頭は首を傾げた。

「子供連れて出て行ったと聞きましたがね。その後はどうなったのやら」

「そうかい。御気の毒なことだねえ」

雄太が番頭の方を向いた。

「ところで番頭さん、その飛脚屋、裏飛脚のようなことも請け負っていましたか」

番頭が、驚いた顔で雄太を見た。

「あんた、若いのにそんなこと良く知ってるね。誰にもわからぬようにこっそり文を届けるってやつだね。やってましたよ。あの店は、女の奉公人使ってそんなこともしてましたね」

母のいくと番頭が部屋から出て行ったとき、茂二が雄太に言った。

「俺は、古い瓦版か何かで読んだことがあるんだが、裏飛脚は伝令のためにいろんな手口を使うらしいぜ。例えば、どこかに書き記す。お前の話だと日暮れ時に娘が門口に出たんだろう。何か見てる様子はなかったかい」

「そういえば、東の方を見てから一礼していたな」

「それだぜ、東の方に何かあるんだ」

五

次の日に早速雄太は、勝次郎と三吉に事の次第を伝えた。

勝次郎は、身を乗り出して聞いた。

「おもしれえじゃねえか。病気の見立ての件は、これではっきりしたな。祈禱は見せかけだったんだな。そんな腕がありゃ、医者もできるが、女の医者ってのは一人でやるのは難しいらしいし、まず客が来ねえだろうから、工夫《くふう》してそんな商売を考えたってとこか。しかし、その亡くなった町医者の妹ってのが、どうも引っかかるじゃねえか」

雄太は頷いた。

「元は手習塾の師匠、嫁ぎ先が町飛脚屋ってことで、裏飛脚は女の奉公人使ってたらしいですからね。その妹もその商売の手口、知ってたんじゃないですかね」

「そうだな、人さらいの一味とのつながりは分からねえが、何かありそうだ」

三吉が言った。

「俺、思ったんですが人さらいの前後だけじゃなくって、一味の誰かがあの祈禱師の家に出入りしなきゃなんないと思うんですよ。儲けた金の分け前とかもあるでしょう」

「確かにそうだ。しかしな、二六時中張り込むことも出来ねえだろう」

雄太が、唸《うな》った。

「うーん、その薬屋の連れが言っていたんですが、あの娘、外へ出て何かを見ていたんじゃないかと、特に東の方です。何かないか見て来ますよ。それにもし見るとしたら、毎日確認しなきゃなんねえ。毎夕あれをやって確認しているんじゃねえかと」

「そうだな、そうしてくれるか。それにしてもおめえの連れのその薬屋の倅《せがれ》、おもしれえ奴だな。一度連れて来いよ」

「茂二っていうんですが、次男なんで、読本書きになりたいとか言ってます。今度連れて来ますよ」


その日、日が傾いてから、辻蔭《つじかげ》に隠れて、祈禱師の家の様子を見た。やはり、娘が出てきて、夕陽に向かって手を合わせ、東を向いてじっと立ち、一礼して家に入った。

雄太は、それを確認して道に出て、東、つまり門口を出て左へ進む道を見て歩いた。すぐに堀に突き当たるのだが、その角に煮売り屋があった。その門口に妙な張り紙を見つけた。

雄太は目を見張った。そこには、

「子守いたします。子供数日預かります。吉永町《よしながちょう》　子守屋さくら」

と書かれてあった。

――こ、これだ。娘はこれを見ていたのだ。

茂二の母に聞いたあの祈禱師の母の義理の妹の名がさくらだった。

雄太は、煮売り屋の親父に声をかけた。

「ちょっとお尋ねしたいのですが、この張り紙は……」

親父が雄太を見た。

「ああ、それね、子守の商売しているんでここに貼らせてくれって言うんでね。少しだけど礼金も払うって言うんでね」

「いつ頃からですかね」

「今年になってからだね。汚れてくるんでね。まめに張り替えているようだよ」

雄太がよく見ると、薄い板に張り紙が張ってあって、板の穴を釘に掛けてあった。

板ごとすぐに挿《す》げ替えられるようになっていた。

雄太は早まる気持ちを抑えるようにして、仙台堀を渡り、東向きに歩き出した。そして吉永町のあたりを探した。一軒の家で同じ張り紙を見つけた。その家にそっと近づいてみると、夕飯時なのか、子供らの歓声が聞こえた。それも二人や三人ではない。


次の日、雄太が勝次郎に知らせると勝次郎はすぐに立ち上がった。

「よし、今から吉永町へ行くぞ。三吉、船出してくれ」

三人は、吉永町あたりの自身番を訪ねた。聞けばそのあたりの家は、ある一人の大家の借家だという。手分けしてその差配をしている男を探した。

「借家の場合は、差配に聞くのが一番だからな」

勝次郎が二人に言った。

探し当てた差配は、勝次郎に警戒する目を向けた。

「親分さん、ここらあたりで何かありましたかね」

勝次郎はにこやかに首を振った。

「いえ、まだ何も分かりやせんので、色々と聞いて回っておるところですがね。その三軒目の家ですがね、子供さんが多いようですが、どういう家なんでしょうかね。子守商売をしているとも聞きましたが」

差配は頷いた。

「ああ、あの家は訳ありでねえ。亭主に生き別れたか、死に別れた女が三人寄って、自分たちの六人の子を育てているんですよ」

「なんと、六人も。それで生業《なりわい》は子守で」

差配は、事情をよく知っていた。

「いや、もともと三人とも同じ町飛脚の店で奉公していたようなんですがね。いまも飛脚の仕事を請け負って交代でやってるようですよ。それ以外によその子供をしばらく預かるような子守の仕事もしているようですね」

「なるほどね。よく分かりやした」

新之助を含めて四人が詰所に会していた。

勝次郎が、今までの聞き込みで分かったことを伝えた。

「……というわけで、女三人の子守屋がそもそも人さらいの一味じゃないかって疑いが濃くなりやした。そこにいるのは、祈禱師の母親の義理の妹さくらではないかと踏んでます。伝令は煮売り屋に張った張り紙に仕掛けがあるのではと」

新之助が言った。

「いよいよ、詰まってきたようじゃないか。怪しいことは確かだな、その吉永町の家。

子守も生業にしているとしたら子供の扱いはお手のもんだろう。しかしそこが一連の人さらいの件と繋がっているという証がない。下手《へた》に踏み込めんな。そして我々の動きを知られるだけでも逃げられるぞ」

　三吉が言った。

「漁師町で子盗りにあった健吉さんの所の末吉、あいつを連れて行って踏み込めばどうです。あの日、一緒に遊んだ子供の顔、家の中の様子をまだ覚えているでしょう。見極めさせるんです。ここで遊んでいたのかって」

　新之助は、かぶりを振った。

「いや駄目だ。四、五歳の子供では無理だ。そういう緊張した現場に連れて行って大人が問い詰め、相手からも睨《にら》まれると、何も言えなくなることがある。泣き出すこともある。奉行所としては小さな子供の証言は当てには出来ないんだ」

　三吉が頭に手をやった。

「なるほど、おっしゃる通りで」

　雄太が言った。

「要は、かっさらった子供があの家にいる現場を押さえるしかないということですね」

新之助が頷いた。

「そういうことだ。次の人さらいを待つのだ。各町の自身番にもう一度念押ししてくれ。さらにもう一つぐらい抑えがいるかもしれん、雄太、考えてみてくれ」

その後、雄太はしばらく一人で思案して、髪結い屋へ行き、かよに会った。

「かよちゃん、頼みがあるんだが……」


その日から雄太たちは、ひたすら次の行方知れずの子の知らせを待った。今回を逃せば、一味に逃げられるのではないか、雄太はそんな気がしていた。

そして八月中旬の彼岸《ひがん》のころ、ついにすぐ近所の佐賀町《さがちょう》の自身番の男から四つの男の子が行方知れずになっていると知らせが来た。日は傾いているがまだ十分明るかった。

「子供の名前は」

勝次郎の問いに男が答えた。

「文太《ぶんた》という子です」

横で聞いていた雄太と三吉が、顔を見合わせ頷いた。

「俺は、茂二を連れて行く。おめえは、かよちゃんを頼む」

雄太は、茂二の家に走った。

「かよちゃん、頼んでいた仕事が来たよ」

三吉が叫んで、かよを船に乗せた。四人は大和町で待ち合わせる段取りである。

四人は、祈禱師の家の近くで落ち合い、路地の陰からまずは煮売り屋の様子をうかがった。

店主が店を閉めた頃を見計らうようにして、一人の女が現れた。そして張り紙を板ごと挿げ替えた。

雄太が言った。

「いいか、みんな、段取り通りだ。娘が家から出てあの張り紙を見て家に入って、小暫くしたところに踏み込むんだ」

夏より陽は短くなっている。まもなく日が暮れる。四人は静かに待った。やがて祈禱師の娘が門口に現れ、西に手を合わせてから、東の方を見た。何かをじっと見ている。口元が動いた。四人に緊張が走った。

「よし、ゆっくり行こうぜ」

間合いを見て門口で茂二が叫んだ。

「ごめんください。先日病気の見立てをしてもらった者です」

茂二が勝手に引き戸を開いて、四人はずんずんと中に入った。

「この前の薬がね、おかげさまでよく効いたのでね、自分も見てもらいたいという者がいましてね。連れて来ました」

入り口の六畳間にいた母親は、慌てた様子で、何かを書き付けていた紙を、茶簞笥の引き出しにしまった。雄太はそれを見逃さなかった。

「これは、これは」

母親が、取り繕うようなしぐさをみせ、

「お、お入りください」

と言った。

ずかずかと奥の間に入った三吉が、娘の前に大きな身体で、どんと座った。

かよと茂二も奥の間に入ったので、それを見て母親も奥の間に入った。

「先に俺を見てもらおうか」

娘は、三吉の様子にやや怯えている様子だった。

その時、かよが言った。

「私が先に見てもらうのよ。どきなさいよ」

「やだよ、俺が先だ」

「何だよ、お前ら、子供みたいなこと言って」

茂二が叫んだ。

母娘は、おろおろするように三人を見た。

その間に、雄太は、入り口の六畳間の茶箪笥の引き出しをそっと開けていた。

「すいませんね。この二人、いつもこうなんですよ」

茂二がそう言うと母親が困った顔をした。

「今日は、日も暮れてきました。娘の祈禱は、日が暮れてからは出来ないと申しておりますので、明日にでも出直していただけますか」

雄太が言った。

「みんな、そうしようぜ。祈禱が出来ないんならしょうがないや」

「しかたがねえ、そうしようか」

三吉も立ち上がった。

四人は、がやがやと家を出た。

道に出て、煮売り屋まで歩いた。雄太は張り紙を板ごと取り外した。しばらく四人は堀に沿って無言で歩いた。この堀は、仙台堀から分かれて、大島川になり大川に注ぐ。夕暮時でも多くの船が往来していた。三吉が堀端に舫っていた船の近くで立ち止まった。

「神棚祀って、神隠しか」

そう言いながら雄太が、懐から紙を出して中を見た。

「間違いないな。茂二、かよちゃん、今日は助かったぜ。恩に着る」

その紙と子守屋の張り紙を三吉に渡した。

「三吉は、かよちゃんと親分のところへ船で戻ってくれ。俺はあの母娘の家にまた戻る」

二人は船に乗り込み、そこで茂二とも別れた。

六

同じ頃、吉永町の件の借屋では、二人の女が、子供たちに飯を食わせていた。子供は七人いた。そこに一人の女が、張り紙の板を提げて帰って来た。

「ご苦労さん」

背の高い女が言った。

帰って来た女は、座り込んだ。

「大丈夫だと思うけど、今日、あの張り紙替えていたら、誰かに見られてるような気がしてね。嫌な気がしたよ」

「やっぱり大和町の義姉《ねえ》さんの言う通り、このあたりが潮時かね」

もう一人の女が言った。

「さくら姉さん、深川はもういいから、今度は、浅草あたりへ行ってこの商売やりましょうよ」

背の高い女は、呆れた顔をした。

「まだやる気なの、だけどこんなにうまくいくとは思わなかったからね。子供をさらうのが、こんなに容易《たやす》いこととはね。子供を連れ込むのは子供に限るわね。子の親が大和町の義姉さんの所へ行かなかったら、二、三日で子供は返してるからね。誰も気づきやしない」

その時、門口で男の声がした。

「ごめんなすって」

背の高い女が玄関に出た。

「だれだい」

「このあたりの者で、迷い子を探しておるんですが」

女がぎくりとした。

外から引き戸が開けられた。勝次郎だった。

勝次郎は、腰を低くして言った。

「この女将さんの息子さんなんですがね」

佐賀町の文太の母親が顔を出して、子供たちを見た。

「文太！」

その子が、母親に駆け寄った。

「おっ母さん」

女が言った。

「この子、あんたんとこの子だったのかい。ごめんなさいね。うちは子供預かる商売しているもんでね。いつもよその子がいるんだけどね。時々外で遊んでてうちの子についてくる子がいてね。わかんなくなっちゃうんですよ。ご飯もちゃんと食べさせてますからね」

女は子供たちの方を向いた。

「だれだい、この子連れてきたのは」

一人の男の子が言った。

「ぼくだよ。飴をやったらついてきたんだよ」

女は、勝次郎の方を向いてにこりとした。

「そういう訳でして、子供さんはお連れ下さい」

その時、別の男の声がした。

「見事なものだな。子供もよくよく手なずけてある」

顔を出したのは、十手を提げた八丁堀の旦那である。

「北町奉行同心、高柳新之助である。町医者棟方藤庵《とうあん》の妹さくら、人さらいとかたりの疑いで奉行所まで同行願おうか。あとの二人もな」

女の顔が引きつった。

「私たちは人さらいなんてしてないよ。勝手にうちに来た子供は、必ず家に帰してるよ」

「確かに毎度、子供は返しているな」

新之助が後ろを振りむいた。

三吉が顔を出して、手に張り紙の板を持って言った。

「奥にいる姉さん、さっき、大和町の煮売り屋でこの張り紙、挿げ替えていたね。こっそり、いただきましたよ」

女が、腰を抜かした。

「そ、それは」

新之助が、張り紙を女たちに見せた。子守いたします、の横に文太、心行寺《しんぎょうじ》、と小さめの字で書いてあった。

「さくら、お前の字だな。あの祈禱師の娘、言葉は不自由だが、よほど目がいいようだな。今度は心行寺で文太を返すつもりだったな。ただし、親が祈禱師に一両払うと約束すればだが。まだある」

新之助は、別の紙を見せた。

「これは、祈禱師の母が、書いたものだ。やはり、文太、心行寺とある。娘が見届けた文字を書き付けたものだ。これがお前らとあの母娘を繫ぐ証だ。詳しい話は奉行所で聞こうか」

女たちから、新之助の背後に捕り手の男たちが集まっているのが見えた。

さくらは、膝をついて声を上げた。

「ちくしょう」

同じころ、大和町では、祈禱師の母しげが、血相を変えて探し物をしていた。

「確かこのあたりの引き出しに入れたはずなのに、ない」

これだけ探してもないというのは、おかしい。はっと思い当たった。さっきの若い四人組にやられたのだ。すぐに吉永町に知らせなければ。いやもう奉行所の手が入っているかもしれない。自分たちだけ逃げるしかない。娘に言った。

「おゆう、今から逃げるよ。金だけ持って。とにかく遠い所へ行かなきゃね。船使ってもいい」

しげは、有り金を全部巾着に入れて、娘の手を引いて玄関の引き戸を開けた。

「あ、あんたは」

そこには雄太が立っていた。

「おしげさんですね。逃げてもらっちゃ困るんです。ここで大人しくしておいてください。吉永町には、今頃もう手が入ってます。どうにもなりませんぜ」

しげは、その場にへたり込んだ。

まもなく、捕り手が持つ提灯の灯りが見えた。

七

それから十日ほどたち、雄太は、茂二の部屋にいた。

「茂二、いろいろ助かった。恩に着るぜ。うちの親分が一度お前に会いたいって言ってるんだ。明日、詰所で足洗いをやるんだが、来ねえか」

茂二の目が光った。

「そうなのか、行くよ。それでな、前にお前が言ってたよな。御用聞きの仕事、一緒にやらないかって」

「ああ、言ったな。やる気になったのかい」

茂二は頷いた。

「面白い本書くためには、この部屋に籠ってちゃだめだ。実際の事件にかかわらなくっちゃな。そう思えてきた」

「親父さんは」

「それなんだ。今晩言ってみる。どう言うかな」

次の日、雄太は茂二を連れて早めに勝次郎のもとを訪れた。新之助もそこにいた。

「手前は、深川の薬種問屋、松島屋《まつしまや》の倅の茂二と申します」

茂二は緊張しながらも商人らしく頭を下げた。

勝次郎はにこやかに迎えた。

「おお、あんたが薬屋の。此度の件ではいろいろご苦労掛けたようだな。助かったよ。あの母娘が薬屋の昔の客だったとはな。今日は、好きなだけ食べていってくれ」

雄太が言った。

「親分、今日、茂二を早く連れて来たのには訳があって」

「何だい」

「実はこの茂二も御用聞きの仕事を手伝いたいと言っておりやして」

勝次郎は驚いた。

「そうなのかい」

勝次郎は、ちょっと思案して茂二の細い身体を見た。

「おめえさん、何か得意なものはあるのかい。剣術は出来そうにねえようだが」

茂二が困った顔をすると、横から雄太が言った。

「茂二は、二十年前からの瓦版が頭に入ってるんです。此度の人さらいの手口に思い当たったのもそれのお蔭で」

「なんだって」

茂二が顔を上げた。

「はあ、父が集めたものです」

「そんな前でなくてもいい、五年前にこの深川でどんな事件があった」

茂二は、小首をかしげた。

「五年前と申しますと、寛政《かんせい》十一年になりますか」

「そうだ、寛政十一年だ」

「深川ですと、心中が一件ありましたな。確か商家の若旦那と芸者だったかと」

「おう、おう、その通りよ。その一件は俺がかかわってたんだ。面白い奴だ。それだけ昔の事件や手口のことを知ってるんだったら、役に立つこともあるだろう。それにな、雄太や三吉と違って商家の倅だ。風体がいいんだ。聞き込みの時に相手から怪しまれないだろう。おらあ使ってもいいけど、旦那、どうです」

新之助が言った。

「しかし、お主、松島屋と言えば小さな店ではない。親の許しを得ているのか」

茂二は頷いた。

「親父には、こう申しました。この店は兄が継ぐだろうが、自分は別で薬屋をやるつもりはなく、読本書きになりたい。それも江戸の事件を扱った読本を書いてみたい。そのためには直に勝次郎親分のところで捕り物にかかわり、世間から学ぶのが一番だと」

「親父さんは、なんと」

「実は手前の親父は、読本に目がない、言えば好事家《こうずか》のような男でして、読本を書きたいのは親父も同じなのです。それ故、お前の言うことは間違いない。家で本を読んでるよりよほど良い。これも縁だ、もし雇ってもらえるんならしばらくの間その仕事をしてみよ、と言われました。しかし手前には続かないだろうとみていると思います」

新之助は勝次郎を見た。勝次郎は頷いた。

「またおもしれえ親父さんだな。そういうことなら、しばらく雄太とやってみればいい。続くか続かねえかはおめえ次第だ。そうと決まれば祝い酒だ」

茂二を入れて五人の男が詰所で車座になった。

飲む前に新之助が口をひらいた。

「此度の一件、首謀者は、吉永町の家にいたさくらという女だった。おしげの娘を入れて女五人の犯行だ。陰で糸を引く男はいなかった」

　勝次郎が興味を示した。

「珍しいですな。女だけの犯行というのは」

「そうだな。被害に遭った子供も全部分かった。八人だ。ところが不思議なことに、あの祈禱師に頼んで返った子供は九人なんだ」

「と、いいますと」

「昨年暮れの最初の一件、親は礼金一両を払っていない。要求もされなかったらしい。さくらもその時はまだ絡んでいないんだ」

　勝次郎は首を傾げた。

「妙な話ですね」

「おしげが言うには、その時は本当に娘が子供の居場所を言い当てたというのだ」

「そうなんですかい」

「そう考える以外にないな。その後、何件かの行方知れずの人探しの依頼があったようだが、言い当てることは出来なかった。その頃、さくらがおしげを訪ね、話を聞いて此度の悪事を思いついたらしい」

「なるほどね。良く思いついたもんだ」

新之助が雄太を見た。

「雄太、お前が見たのはこれか」

新之助が懐から小さな布切れを出した。卍の朱印があった。

雄太がそれを見て驚いた顔を向けた。

「こ、これです。これは、どこにあったんですか」

「これは、あの母娘の家にあったのだ。神棚の鏡の裏に貼ってあった。おしげに問いただしたところ、何かの御札だと思うが、記憶にないとのことだった」

勝次郎が、腕を組んだ。

「三件目となると何やら、気になりますね」

「うむ、気になるので他の咎人《とがびと》の家でも見つかっていないか、奉行所内に伝達してみることにする。此度の三件の犯行は似ているところがある。全て素人によるものだが、それにしては手が込んでいる。我々の知らぬところで何やら動いているのかもしれぬ」

その時、かよが顔を見せた。

「皆さん、仕出しが届きましたよ」

車座の輪の中に食い物が運ばれた。

勝次郎が杯を持った。

「では、皆さん、本件、一件落着ということで、ご苦労さんでした」

言うか言わないうちに、ぐいっと飲みだした。

若い三人も飲みだした。

雄太がかよに言った。

「かよちゃん、茂二も今日から仕事仲間に入るぜ」

かよが、目をむいた。

「そうなの。よかったわねえ。三人になるのね。あ、私も入れたら四人か」

茂二の方を見て微笑《ほほえ》んだ。

茂二は、以前にかよに会っているのだが、さっきからかよのことが気になってしようがないようだ。

雄太が茂二に小声で言った。

「おい、見るな、見るな。みっともねえぞ」

茂二は顔を赤くしてかよから目をそらした。

勝次郎は、上機嫌《じょうきげん》だ。

「しかし、若いもんが増えてうちも、賑やかになったもんだ」

雄太が新之助に酒を注いだ。

新之助は、それをぐっと空けて言った。

「此度の件だが、あのさくらという女が言っていたらしいが、女三人で六人の子を育てるには、飛脚と子守の仕事だけではやっていけないと。亭主と別れた女は子を任されることが多いからな。そういう女らが、この江戸で生きていくのは厳しいもんなんだろうな」

聞いていたかよが、言った。

「あら、私ならそんなに子供の扱いが上手なら、違うこと考えるわね」

三吉が聞いた。

「どんなことするんだい」

「そうね、広い空き地を借りてね。そこに囲いを作って、子供をたくさん預かって遊ばすの。そこで手習塾もするの。子供を預けたい親は、たくさんいるわ。そこにお医者の先生までいたら、親は安心して預けるわ。商売繁盛よ」

勝次郎が笑った。

「おめえ、なかなか商売人だなあ」

新之助も笑った。

「なるほど、かよちゃんの言う通りだ。何か特技があれば、悪いことをせずとも何とか生きるすべはあるはずだ。悪い道へ進むかどうかは本人次第ということだな」

第四話　割れた壺《つぼ》

一

雄太は駆けていた。蛤町から、門前通りを西へ、この通りは毎日が祭りだ。通りの両側には茶屋、料理屋が軒《のき》を並べて絃歌《げんか》の声鳴りやまず、遊客が絶えない。

「ごめんなすって」

人をかき分けながら鳥居を抜けて、北へ曲がり、黒江町《くろえちょう》の橋を渡って、伊沢町へ抜け、そこから橋を二つ渡ってやっと堀川町だ。

——まずは親分の詰所に行くか。

堀川町の長屋の詰所を覗くと、勝次郎と三吉が将棋《しょうぎ》を指していた。

「親分、また例の壺盗賊が出たらしいですぜ」

「何だと、どこだ」

勝次郎は立ち上がった。

「島崎町《しまざきちょう》の小間物屋です。高柳の旦那と茂二は、もう向かってます」

「遠くはないが、船を出すか。三吉、頼む」

三人は、堀川町の船着き場から、川船に乗り込んだ。

三吉は、入りくんだ水路では器用に船先をめぐらし、仙台堀に出てからは流れに逆《さか》らって力強く漕いだ。川の水は、海の水と比べれば、多少のどぶ臭さがあるが、馴れてくるとこの水の匂いは清々《すがすが》しいし、風もねっとりせずに気持ちが良い。海で鍛《きた》えた櫓さばきは、伊達ではない。川船しか漕いだことのない船頭とは力が違う。

雄太が、勝次郎の手先として働きだして一年が経った初夏の頃であった。三人は捕り物に慣れたとまではいかないが、この間に捕縄術なども習い、そこそこ勝次郎の役に立つところまできたつもりだった。

勝次郎は、この三人が思っていたより仕事の呑み込みが早く、役に立つことに驚いた。今まで使っていた手先は、調べに関しても適当な嘘《うそ》を混ぜたり、ごまかしたり、調べ先から駄賃をせびったりすることだけに熱心な者が多く、勝次郎がどやしつけてやっとまともに動くという始末で誰一人として心から信用できなかった。しかしこの三人はそのようなところは微塵《みじん》もない。それぞれが、しっかり親からしつけられているのである。

それで、勝次郎は、新之助に案を出した。この手先の三人に関しては、必ずしも勝次郎の指示のもとで動くのではなく、新之助と行動を共にすることも許したのだ。つまり新之助の小者《こもの》のような動きもさせるようにした。その方が便が良いと考えたのだ。これで新之助を中心として、この四人が自在に動くことができるようになる。もちろん手先三人の監督をするのは勝次郎だ。

三人は、島崎町の桔梗屋《ききょうや》という小間物屋に着いた。それほど大きな店ではない。裏木戸から見れば、十坪ほどの庭に手入れの行き届いた庭木が植えられ、躑躅《つつじ》が花を付けていた。正面に屋敷の縁側、障子《しょうじ》が開いていて奥の座敷が見えている。新之助と茂二、そして店の者が集まっていた。

新之助は、裏木戸の辺りに座り込んで三人に振り返った。

「このあたりに草鞋《わらじ》の新しい足跡がついている。店の者は草鞋など履かないのでな。どうやらこの裏木戸から入ったようなのだが……」

勝次郎が木戸を見た。

「壊したような跡はありませんな。昨夜、枢《くるる》（木戸の内側から縦に戸枠にはめ込み施錠する棒）は落としてあったのですかい」

横に立っていた店の番頭が答えた。

「昨夜は、確かに落としてあったと、何人かの店の者が言っております。それに今朝も確かにそのまま落としたままでしたのは間違いありませんので、夜中に戸が開いていたとは考えられません」

新之助は腕を組んだ。

「それで盗られた壺というのは、いい物なのかい」

番頭は、汗を拭いた。

「それは、いつも床の間にありまして、旦那様がたいそう大事にしておられた有田焼《ありたやき》の壺でございます」

勝次郎が聞いた。

「売ればどのくらいになる代物《しろもの》なんだい」

「まあ、五十両は下らないものかと」

「家の中を見せてもらえるかな」

新之助はそう言うと、裏木戸から縁側の方へ進んだ。

「どうやら、土足で踏み込んだ跡はないようだな」

番頭が頷いた。

「そうなのです。全く荒らされた跡はなく、壺だけが忽然《こつぜん》と消えたのです。ほかには金銭など盗られたものもありません」

「その壺は何処にあったんだい」

番頭は、縁側から指をさした。

「この座敷のその床の間にありました」

勝次郎が新之助に言った。

「壺盗賊は、これで四件目ですかな」

新之助が頷いた。

「家の中を荒らしたのが二件、このように忽然と消えたのが二件ということか。いずれも同じ者らの仕業《しわざ》とみるべきだろうな」

壺盗賊とは、このところ、主に本所深川あたりに出没し、中規模の商家に焼物や書画などの高価な骨董品《こっとうひん》だけを狙って入る盗賊団のことであった。

「番頭、昨夜この家に泊まっていたのは誰だい」

新之助が番頭に聞いた。

「へえ、旦那様と女将さん、小僧が五人、女子衆も二人は住み込みでございます。手代ら四人は通い奉公ですが、昨夜はたまたま、信三《しんぞう》と松吉《まつきち》という手代二人が店に泊まっておりました。手前は通いの番頭でして、あと女子衆三人も通いです」

「ここの御夫婦に子はいないのかい」

「若旦那が一人おられますが、今別の店で修業中で店にはおられません」

「そうかい」

一旦調べは終わったが、新之助は茂二に小声で言った。

「少し、残って聞き込みせよ。店の者がかかわっているのかもしれぬ」

茂二は、このところ、商家への聞き込みが専門になっている。いかにも御用聞きといった股引に着物の裾をまくったようななりをせず、商家の手代風にして「北町奉行所の高柳様の使いの者でございます」と丁寧に接すれば店の者も安心し、客の前でも物々しい様子にならず、聞き取りがうまくいくという、勝次郎の考えだ。場合によっては、商人に成りすまして聞き込みをする。何より茂二は商家の内情をよく知っている。

帰り際、雄太は、縁側の下の土の上に目を止めた。何か光るものが見えたので、手に取った。小指の爪より小さなものだが、気になったのでそのまま持ち帰った。

帰り道、新之助と勝次郎にそれを見せた。

「これが庭に落ちていたのですが」

勝次郎が言った。

「これは瀬戸物のかけらのようだが、汚れがない。新しいもんだな」

新之助も雄太の手元を覗き込んだ。

「うむ、何か今回の一件とかかわりがあるやもしれぬ。預かっておこう」


皆が引き揚げた後、茂二は、桔梗屋に上がり込んで番頭に少し聞きたいことがありますと告げた。白髪《しらが》の交じったその番頭は、やや怪訝な顔をしながら茂二を誰もいない布団部屋に入れた。

「つかぬことを御伺いしますが、昨晩泊まり込んだ二人の手代の様子でこのところ、気になることはございませんでしょうか」

番頭は困った顔になった。

「そう言われましてもな。皆、身元もはっきりした真面目《まじめ》な奉公人で、気になるようなことはございませんがな」

そう言うと思っていた茂二は頷いた。

「では、旦那から一番見込まれている手代、つまり一番信用できる手代は、どなたですかな」

「それは信三ですな。年季も一番長いですし、手前も頼りにしております」

番頭は答えた。

「泊まり込んでいた一人ですね。わかりました」

茂二は、手代らと住み込みの二人の女子衆の名と歳を紙に書き留めた。

帰り際、番頭が、たまたま店の門口にいた信三を茂二に引き合わせた。

「これが手代の信三でございます」

信三は茂二に頭を下げた。

「この度は、ご苦労様でございます」

信三は三十過ぎのようだが、歌舞伎《かぶき》役者の二枚目のような顔で、茂二は驚いてしげしげと男の顔を見た。

茂二は、さらに店の外で粘って、通いの奉公人が帰る刻限まで待った。茂二はこういう仕事を任されるのが面白くて仕方がない。

日が傾いて、夕餉の支度で台所から、女子衆らの声が聞こえ始めた。それが一段落したと思われる頃、まだ若いが所帯持ちだろうとみえる女子衆が一人、店から出てきた。明らかに帰る様子である。茂二は跡をつけて店から十分離れたところで声を掛けた。

「あの、もし、お尋ねしたいことがございまして」

女は少し驚いて茂二の顔と身なりを見た。

「あ、あんた最前、高柳様と店に来た人だね。御用聞きには見えないけど」

茂二は歩きながら聞いた。

「実はそれがその通りでして。あの店の手代の四人の様子で、このところ何か気になることは、ございませんでしょうかね。皆さま真面目な御方とは聞いておりますがね」

女は、首を傾げた。

「真面目かどうかはね、一番若い松吉って手代は、見かけによらず結構遊び人ですよ。信三さんから、陰でよく叱《しか》られてるみたいです」

「どのようなことで叱られておられるのでしょうかね」

女は茂二の顔を見た。

「私、おなか減ってるんだけど、あんた団子でも食べさせてくれない」

二

同じころ、以前、雄太に富岡八幡宮で痛めつけられたことのある弥次郎は、今日も友連れの三人と中島町《なかじまちょう》のだれも住んでいない仕舞屋《しもたや》に裏口から勝手に入り込んで、花札遊びをしていた。この四人は漁師町の次男以下ばかりの組で、親の仕事も手伝わずにぶらぶらしている。たまに若い職人や、商家の手代などに言いがかりをつけては、恐喝《きょうかつ》まがいのこともしていた。歳は雄太らより二つほど上なので、二十歳にはなっていた。

そこに現れたのが、背の高い着流し姿の町人だった。痩せてはいるが肩幅がある。股引などは穿かず、着ている着物も足元の雪駄も上物に見える。誰の目にも漁師町の若い衆には見えない。

「おや、銀二《ぎんじ》兄い」

弥次郎がその男を見上げた。

「お前ら、この前の金、取れたのか」

銀二の問いに弥次郎が、頭を下げた。

「いや、ちょっと手こずっておりやして」

「弥次郎、今から二人で行くぞ」

この銀二という男は、半年前からこの四人と付き合いだしている。漁師町の者ではない。歳は、さらに三つほど上である。何処の者かは言わないが、商家の次男だとかで、羽振りは良く四人に悪い遊びを教えたので、すっかり兄貴分のようになっていた。

四人は銀二を、商家の放蕩《ほうとう》息子だろうと考えていたが、金回りがいいのでついて行くよりなかった。

四人が最初に教えてもらったのが、賭場《とば》での遊びである。御公儀の下、賭博《とばく》行為は無論ご法度《はっと》であるが、奉行所がいくら手入れをしても、収まらないのが賭場である。

禁令が緩かった時代は祭礼の日や酉《とり》の市などで、路上で簾《すだれ》をかけて公然と開いていた賭場もあったというが、それはこれより百年も前の話である。今は、寺社内や諸藩の江戸屋敷の一部などを使えば奉行所は手出しができないため、そういう場所を使う賭場もある。

「お前ら、投げ丁半てのは、知ってるか」

銀二は、最初に四人を上方から来たという新手の「投げ丁半」の賭場に誘った。丁半博打《ばくち》は、壺椀《つぼわん》に采《さい》を二つ入れ、盆茣蓙《ぼんござ》に伏せてから張らせるのが常であるが、投げ丁半は、胴親が二つか三つの采を掌《てのひら》に握っていて、「サー張れ」と号令し、皆が張り終わった後に采を盆茣蓙の上に投げるのである。

銀二はその時、四人にこっそり言った。

「この博打はな、いくら張っても最後は勝てねえぜ。張った後で采を投げるんだからな。ぐらさいにすり替えて、いかさまし放題だぜ」

ぐらさいとは、鉛《なまり》の入った采のことである。

「それよりカモを連れてくる方が、ちったあ金になる。俺も最初は遊んだがな、ここの胴親と組むことにしたんだ」

「カモを連れてくるとは？」

弥次郎が聞くと銀二がにやりと笑った。

「商売人の倅を誘うのよ。ある程度金持ってそうな奴だ。俺は、顔を見れば、博打しそうかどうかは、すぐにわかる。最初は勝たすんだ。それで博才があるとおだてて、次は少し負けさせる。それで三回目に取り返しましょうぜと一気に賭けさせて、大負けさせるんだ。俺はそれで胴親から見返りの小遣い銭もらうんだが、このところは新しいカモがみつからねえもんで、別なことも言われてるんだ」

「どんなことで」

「金のない奴らでもいい。俺らで、職人でも、商家の手代でもいいから引き込む。俺が少しの金を貸してやらすんだ。最初は勝たして信用させて、大負けさせる。奴らは払えねえ。そしたら店の金盗んで来いと脅すんだ。それで金取れたら、胴親がその半分くれるとよ。お前ら、若い町人脅すのは慣れてんだろう」

確かにこの四人は以前から若い町人に言いがかりをつけて恐喝まがいのことをしていた。八幡宮で雄太に妨害《ぼうがい》された時も、その最中だったのだ。

「面白そうじゃないですかい」

弥次郎が、やる気を見せた。

それ以来、銀二とこの四人は、若い町人をカモにして、奉公先の金を盗んでこさせているのだ。金が入ると、皆で石場《いしば》へ繰り出した。石場とは大島川の河口の南河岸にある海の側の岡場所である。もとは、幕府の石置き場だったのでそう呼ばれる。

翌日の昼前、詰所に雄太と三吉がいた。今日は、皆で寄ることになっているので雄太が早めに来たのだ。

三吉が言った。

「一人で聞き込みもてえへんだな、あっち行ったりこっち行ったり」

勝次郎は、すでに雄太と茂二には一人で聞き込みなどをさせていたが、三吉はすぐに船が出せるように、なるべくこの詰所で控えるようにさせていた。勝次郎が船で出張るときは必ず一緒に行動させている。

「慣れるとどうってことないぜ」

雄太は、紐がついた棒を腰から外した。

「それは、おめえの十手ってところかい」

雄太は、棒を握った。

「鼻捻棒ってもんで、番所なんかにおいてある護身用の棒よ。俺にとっちゃ小太刀の代わりさ。この棒が一本あれば安心なんだ。お前こそ、一人で外へ出られねえのは辛くないか」

「いや、髪結いの店の掃除とか、下働きにも慣れたぜ。結構おもしれえもんだよ。女子衆らにはかわいがってもらってる」

そこに勝次郎の娘のかよが、表の道から声をかけた。

「雄太さんいるんでしょう」

「なんで分かった」

「タロが鳴いたのよ」

かよは、タロという名の犬を飼っていた。

「タロは、三吉さんや内の者の匂いは覚えてるのよね。それ以外の匂いがこの長屋でするると私に教えるのよ。賢《かしこ》いわよ。お饅頭をもらったので、お茶にしましょう」

かよは、雄太ら三人の手先にはすっかりなじんでいた。

「かよちゃん、この饅頭、上等じゃないのかい。雄太が来てると違うもんだな」

「何、言ってるのよ。今日は皆さん集まるんでしょう」

かよは、少し顔を赤らめて言った。

三吉は、かよが最近色気づいて、雄太に気があると思っているようだが、本当のところは分からない。

雄太は、若い女子にはいたって冷たいそぶりを見せる。

一方で三吉は、前から年上の女が好きだった。

「では、先に饅頭をいただくとするか」

雄太が手を出すと、あとの二人も手を出した。

「今年の大川の花火、船から見たいわ。行けるかしらね」

三吉が頷いた。

「その時に御用がなければ、船出せると思うよ。親分の許しをもらったら四人で行こうぜ」

「行きたいわ」

長屋の裏手で鳩が鳴いた。

「帰って来たのね」

かよは動物が好きで、店の裏庭では、文鳥《ぶんちょう》や目白《めじろ》を飼っていた。

三吉が聞いた。

「鳥が好きなのはわかるが、なんでまた、鳩まで飼うんだよ」

「飼うつもりはなかったんだけど、店の人が鳩のひなを三羽拾ってきてね。大きくなったら逃がしてやろうと思って私が面倒見てたのよ。ところが、いくら逃がしてもまた戻ってくるのよね」

かよは、店の裏庭に鳩小屋を置くとタロが相手になろうとするので、鳩だけはこの長屋の裏の庇《ひさし》の下に鳩小屋を移して飼っていた。

「昼は、どこかへ飛んで行って遊んでるわ。でも夕方になると必ずここに戻ってくるのよね。前に本所の方まで連れて行ってもらって逃がしたのよ。それでも戻ってくる。鳩って本当に賢いわ」

雄太が言った。

「鳩は、どこからでも自分の巣へ帰るって聞いたことがあるな」

「三羽に名前を付けたのよ」

「なんていうんだい」

「さんちゃん、ゆうちゃん、しげちゃん」

「なんだよ。俺たちの名前じゃないかよ」

三人は笑った。

そこに勝次郎が現れた。

「おい、お前ら、大島川で死体が上がったそうだ。入船町《いりふねちょう》の木置場の辺りだ。三吉、船出せ」

雄太と三吉は驚いて立ち上がった。

三人は船で入船町へ急いだ。

雄太と三吉は、死体が上がった現場に立ち会うのは、これが初めてだった。

三人が入船町に着くと、自身番の者らが、死体を岸に上げて筵《むしろ》に寝かしていた。死体は若い男だった。歳は、雄太らより少し若いように見えた。

勝次郎が、死体をながめた。

「見たところ、この仏さんは、まだ新しいな。殺されたのは昨日の夜ってとこだろうな。股引を穿いているとこからして、商家の奉公人じゃないな、職人か、大工の見習いってとこか。刺された跡はないな」

着物にも血の跡はなく、どこにも斬り傷はなかったが、顔や身体中に痣《あざ》があった。

雄太が険しい顔で言った。

「こりゃ、喧嘩だな。それも一方的にやられたんだ」

勝次郎が頷いた。

「そうだな、殴られて気を失ったのを、そのままほうっておくと死んじまうってことはあるからな。やったやつらが後で見に来たら、死んでたんで驚いて川に放り込んだ、そんなとこか」

三吉が顔をしかめた。

「ひでえことしやがるな」

勝次郎は、二人を見た。

「おめえら、このあたりで、こんなことしそうな連中、知らねえか」

二人は顔を見合わせ、首を傾げた。

一通りの調べが終わったので、自身番の者らが、死体を荷車に載せて、筵を掛けて奉行所に運んだ。

三人は、堀川町の詰所に戻った。すぐに新之助が現れた。

「入船町の件、ご苦労だったな。どうだった」

勝次郎は、死体の様子を新之助に告げると雄太と三吉を見た。

「さっきも聞いたが、おめえら、あんなことやりそうな連中に心当たりはないかい」

雄太が答えた。

「あの界隈には、漁師の息子らも含め、ぐれてしまった者同士が集まって遊んでいる組は何組か知っておりますがね。殺しまでするような奴らはまず、いねえと思いますが」

雄太が、三吉の方を見た。三吉が言った。

「最近耳にしたんですがね、銀二とかいう背の高い男がおる連中は、相当悪いようですぜ。仲間内で賭けの花札遊びをしていたのが、飽き足らず、若い商家の奉公人や職人に、親し気に近づいて酒を飲ませたりし、その後はいろいろ言いがかりをつけて、奉公先の金取って来さすらしいんです」

雄太が頷いた。

「俺も銀二ってやつのことは聞いたことある。付き合ってるのは弥次郎の組だろう。

なるほどな、払えねえやつは、寄ってたかって殴る蹴るってことになるな」

勝次郎の目が光った。

「その連中、怪しいな。雄太、連中の居所に心当たりがあるなら探ってくれるか」

「へい、わかりやした」

そこに、茂二が現れた。

勝次郎が聞いた。

「おう、茂二、例の小間物屋の聞き込みどうだった」

茂二は汗を拭いて、懐から紙を出した。この男は、几帳面《きちょうめん》になんでも紙に書いておくのだ。

「番頭に聞いても、らちがあきませんでしたので、通い勤めの女子衆の一人を帰りがけにつかまえて聞いてみましたらね、腹が減ってるとのことで、団子屋で団子を食わせたらいろいろ喋《しゃべ》りましたよ。四人いる手代のうち、一番若い松吉というのが、信三という兄貴分の手代によく叱られているとのことでした。商売のことで叱られているわけではなくて、どうも遊びを覚えてしまったようで、店に隠れて、あちこちから金を借りているらしいんです。店にばれたら暇を出されることになるかもしれないので、その信三がかばっているのではないかとのことでした」

新之助が腕を組んだ。

「うむ、その松吉という手代の素行、調べてくれるか」

雄太は、母親の店のある蛤町へ戻った。この町の若いもんは皆顔見知りである。その中で銀二とつるんでいる悪仲間を一番知っていそうな男を訪ねていった。この蛤町の漁師の若衆組を率いている忠三だ。漁師仲間で、よその町にも顔が利く。

「おう、雄太じゃねえか。勝次郎親分の御用の方はどうだい。もう一年にもなるな」

忠三は家から出てきて門口で雄太に笑った。

「まだまだ慣れませんが、何とかやっとります。今日は忠三兄さんにお聞きしたいことがありましてね」

忠三は雄太の態度に苦笑いした。

「なんだい、いきなり御用の件かい」

雄太は、銀二の仲間の話を聞いた。

「ああ、あいつらか、弥次郎含めて四人の仲間でね。大島町か中島町あたりで花札ばかりやってたな。そこに途中から銀二ってやつが入って、金回りがいいのか知らねえが、やることが派手《はで》になったたな。石場も目と鼻の先だ。そこらあたりでも遊んでたと思うよ。あいつら、何かやらかしたのかい」

「いや、そういうわけでもないんですがね。その銀二ってのは、どこのどいつなんで」

忠三は首を傾げた。

「それが、さっぱり分かんねえんだ。自分じゃ、商売人の倅、次男だと言ってるらしいがね」

「ほかのやつらのこと、知ってたら教えてくれますかい」

「ほかのやつらは分かるぜ」

雄太は、その弥次郎の仲間の名前と居どころを聞き出した。

「それと兄さんにお願いがありまして」

「なんだい」

雄太は今朝の水死体の一件を忠三に話した。

「昨日入船町の辺りで喧嘩があったはずでね、それを見た者がいないかどうか次の漁師町の若衆組の寄り合いの時に聞いていただきたいんですがね」

「よし、分かった。まかしとけ」

数日後、詰所に五人の男がそろった。

「雄太、どうだ、その銀二の仲間の調べは」

勝次郎が聞いた。

「それがねえ、親分、銀二って男の素性《すじょう》は誰に聞いても、商売人の倅で次男という以外は全く分からねえんですが、どうやら弥次郎と二人で姿をくらましたようなんです。あとの仲間の三人は、相変わらず大島町辺りで花札をやってるようですがね。若い職人なんかを巻き込んでる様子もなく、銀二と弥次郎が抜けて大人しくしているようです」

「二人が姿をくらましたのはいつからだい」

「例の死体の上がった前の日ぐらいで」

「ますます怪しいな。旦那、あとの三人の男、ひっくくりますか」

新之助は、答えた。

「いや、それはまだ早い。雄太、その三人の様子、しばらく見てくれるか」

「へい」

「それとな、殺された男の身元が分かった」

「何処のもんでした」

勝次郎が聞いた。

「大工の見習いでな、平吉《へいきち》といって歳は十八、大工仲間に聞いたんだが、誰かから恨まれるような男じゃない。が、ひと月ほど前から、やはり深川のあまり風体の良くない連中と付き合うようになっていたらしい。その中に痩せて背の高い男がいたというのも分かった。おそらくその銀二だな。残ったあとの三人はおそらく、銀二と弥次郎がどこへ逃げたかも知らぬのであろう。戻ってくるのを待つ方が良い」

三

数日後、思ってもみない知らせが、新之助のもとに届いた。島崎町の桔梗屋に盗まれた壺が戻っていたというのだ。

新之助は、茂二を連れて島崎町に駆けつけた。

桔梗屋の主人、久左衛門《きゆうざえもん》は、新之助と茂二を奥の間に入れた。久左衛門は、身体は小柄な方で歳は五十を過ぎている。夫婦二人で始めた小間物屋を一代でここまで大きくした。だがその割には目つきは穏やかで物静かな印象であった。

「高柳様、此度は大変お騒がせいたしましたが、この通り壺は戻りましてございます」

「それは、何処にあったのか」

新之助が尋ねると久左衛門は首を傾げた。

「それが、不思議なことなのですが、手前どもの小僧が朝、店の戸を開けますとそこに箱に入ったこれが置いてあったと」

「桔梗屋、これは肝心《かんじん》なことだが、間違いなく元の壺なのか。違うものではないのか」

「間違いございません。私の所持していた壺でございます」

と言いながら、久左衛門は、脇に置いた壺をちらっと見たが、手に取ろうとはしなかった。何かこう、新之助らが、その壺の方にあまり目をやらぬよう、あえて壺の話はしないようにしている様子に見えた。新之助はその態度が気になり、横目に壺をとくと見れば、妙な形跡が見えたような気がした。しかしそのことは、黙っていた。

「手前どもは、この壺さえ戻れば、何の支障もございません。どうか店の者への御調べは、これにて終わりにしていただきとうございます」

と、手をついて深く頭を下げ、その後、声を潜めた。

「これは、今までお手を煩《わずら》わせたお礼でございます」

白い半紙に包んだものを新之助の前に差し出した。明らかに小判が入っている。さっきまでとは違う、商人らしいしたたかさが顔に表れた。

新之助は、事件が解決した場合に商人から礼金を受け取ることはある。しかしこの事件は全く解決していないのだ。

「桔梗屋、勘違いしてもらっては困る。奉行所から見れば、盗品が返って来たとしても盗みがなかったことにはならないのだ。それは戻してくれるか。今日のところは一旦引き揚げることにする」

二人が店の外に出ると、茂二が新之助に耳うちして、外にいた女子衆に近寄った。以前に手代のことを聞いた通いの女だった。

「戻った壺、見たかい」

「見ましたよ」

「あれは、元の壺かい」

その女は、きっぱり言った。

「間違いありません。私は床の間の掃除もしておりましたので、あの柄と色合い、同じものは二つとありませんわ」

「そりゃ、良かった。ありがとよ」

茂二が新之助の側に戻ると、新之助が小声で言った。

「あの女、何でも喋りそうだ。家を突き止めとけ」

新之助と茂二が詰所に戻ると、勝次郎と三吉が待っていた。雄太は漁師町に出張っている。

「旦那、どうでした」

勝次郎が聞くと、新之助は、太く息をついた。

「うむ、おかしな話だが、確かに壺は戻っていた。朝方、店の門口に置いてあったそうだ。茂二、あの壺見て、何か気になるところはあったか」

茂二が首を傾げた。

「女子衆も元の壺に間違いないと、言ってましたしね……、特に何かありましたか」

「俺が見たところ、あれは、一度割れているな」

「割れているようには見えませんでしたが、ひびがありましたか」

新之助は、懐から紙に包んだものを出した。

「これは、雄太が庭で拾った瀬戸物のかけらだが、かすかに朱の色がある。あの壺の色と同じように思えてならないのだ」

勝次郎が首を傾げた。

「割れ目に漆《うるし》や金を入れて継いだようなものは見たことがありますが」

新之助が頷いた。

「漆や金で継いだような跡はなかったが、かすかに筋が見えた気がしたのだ。そのように巧妙に割れた焼き物を直す技法があるのか、誰か知っているか」

茂二が思い出したように顔を上げた。

「手前に心当たりがあります。調べてみます」

茂二は、その夜、雄太の母の店「しののめ」に店じまいの頃に立ち寄った。

女将のあきは、茂二の顔を見て微笑んだ。

「あら、茂二さん、珍しいことで。雄太は二階にいますよ」

声が聞こえたのか雄太が降りてきた。

「おう、茂二じゃないか、どうしたこんな夜分に」

「いや、前にお前から聞いた話を思い出したんだが、この店にあった割れた皿がきれいに直ったと、言わなかったっけ」

雄太が小首をかしげた。

「確かに継いだ皿はあったが、そんなことお前に言ったかな、よく覚えてるもんだ」

茂二が雄太を見た。

「いや、あとで話すが、御用の件で調べてるんだ」

話を聞いていた板前の留吉が、皿を一枚出してきた。

留吉は今年三十で、この店は五年目になる。客当たりの良い如才《じょさい》のない男だ。

「これのことですかい。京から来た焼継屋ってのに直してもらったんですがね」

二人は皿を覗き込んだ。

継いだ跡は、白い線が見えるがきれいにつながっている。

茂二が留吉に聞いた。

「その焼継屋ってのは、どういうものですかい」

留吉が答えた。

「いや、いい皿だったんで知り合いに頼んだんですがね、この頃、京から職人が江戸にも流れてきているんですが、漆とか金などは使わずに、白玉粉といって、つまりギヤマンの粉ですが、それに膠《にかわ》を入れて水で練《ね》って糊《のり》にして継ぎ、火を入れて固める技法があるそうなんです。割れ方にもよりますが、すっぱりきれいに割れた時は上手《うま》く継げるので、よくよく見ないと分からぬらしいです。職人の腕にもよりますがね」

茂二は感心した。

「ほう、そんな技法が京から伝わってきているんですね」

あきも言った。

「漆や、金で継ぐと高いでしょう。これなら割と安く済むんで、これから江戸でもはやるんじゃないかしらね。そうなると瀬戸物屋は、困るわね」

茂二は、その焼継屋の名前を留吉に聞いて紙に記した。

雄太が言った。

「茂二、この件で詰所へ行くのは明日だろう。二階へ上がってけよ」

茂二は、雄太がねぐらとしている店の厨子二階に上がった。

「頭、気を付けろよ。天井低いぞ」

「残りもんだけど、御飯用意しとくから、後で取りに来なさい」

あきの声が聞こえた。

部屋には雄太の夜具のほかは、部屋の隅に行燈、文机《ふづくえ》が一つ、その上に茂二から借りた読本が積んであった。空いている場所に向かい合って座った。立ち上がらなければ不自由はないし結構広い。

茂二は、今日あった、桔梗屋に壺が戻った件を雄太に伝えた。

「茂二、その話、どうも腑に落ちねえ」

「割れた壺を直すってとこだな」

「そうだよ、壺盗賊がそんなことをするわきゃねえし、誰がやったんだ。何のために」

「あの日に泊まり込んでた手代の二人だな、これが怪しい。あるいは店ごと共謀《ぐる》でなんかやってるかだな」

「盗賊なんか来てなかった、桔梗屋の狂言ってこともあるな」

茂二が頷いた。

「まあ、いろいろ考えても仕方がない。まずは調べないとな」

暫くして、雄太が下へ降りて、二人分の夜食を運んできた。

「食べていってくれ。冷《ひや》だが酒も少しもらってきた」

「ありがてえな、腹減ってたんだ」

皿に盛ったものを見て茂二は目を丸くした。

「蒸し穴子《あなご》じゃねえか、それに煮しめもどっさり。さすがに料理屋だな」

二人は箸をとって、食い始めた。

「この穴子は旨いな、甘い」

感心する茂二に、雄太が聞いた。

「それで茂二、親父さんの方はどうだい。なんか言ってるか」

「いや、親父は俺が、すぐに音を上げるだろうと思ってたようなんだが、結構続いてるんでびっくりしてるみたいなんだ」

「そうだろうな、もう半年以上たつからな」

「聞き込み仕事にはだいぶ慣れてきたしな。雄太と三吉がいれば心強い。親分もああいう裏表のない人で助かるよ。大して役に立ってないが、小遣いもくれるしな」

「お前んとこなら、もらわなくても金には不自由ないだろう」

「いや、親以外から銭もらうというのは初めてでさ。それも仕事してだからなあ。少しでも自分の銭だ。これは気持ちの違うもんだな」

「俺も同じだ。それは分かる。ところで、読本書けそうかい」

「まだまだだが、そのうちきっと書くさ」

四

翌朝、茂二は詰所で新之助と勝次郎に焼継屋のことを告げた。

話を聞いた勝次郎が言った。

「なるほど、そういう技法がはやりだしてんだな」

茂二が懐から紙を出した。

「これが、雄太の所の板前の留吉さんが頼んだという本所の焼継屋です」

新之助が腕を組んだ。

「しかし、賊が割ってしまった盗品を直して元に戻すはずはない。店の者が割れた壺をその焼継屋に持ち込んで直したに違いない。勝次郎、まずこの茂二が調べた焼継屋に当たってくれるか。それと下っ引きに鋳掛屋《いかけや》が一人おったであろう。焼継屋は、鋳掛屋と縁が深いに違いない。その者にこの深川、本所あたりで腕のいい焼継屋を調べさせ、最近有田焼の壺を直したかどうか聞いて回れ」

「わかりやした。鋳掛屋は平蔵《へいぞう》と言って、本所の長屋におります。新しい技法ならそんなに職人の数はいねえでしょう」

「茂二、昨日見たあの壺の色と柄、覚えているであろう。絵にかいてみてくれるか。それを持っていく方が良い」

勝次郎と三吉は、茂二の描いた朱色の壺の絵を持って、船で本所へ向かった。

茂二の調べた焼継屋や鋳掛屋の平蔵から、腕のいい焼継屋を聞き出し、一軒一軒、廻ったところ、何軒目かに訪れた焼継屋で、茂二の絵を見た職人が言った。

「この有田焼の壺なら、おとといに仕上げましたよ。五日ほど前に持ち込まれましてね。手間賃は倍出すから、分からぬように早く仕上げてくれって言われました」

勝次郎が、聞いた。

「その客は、どんな男だった」

「商家の手代でしょうな。年は三十過ぎかな」

「その男、何か特徴はなかったか、背格好なり、覚えていることは教えてくれ」

夕刻、再び詰所で雄太を除く四人が会した。

「旦那、あの壺を直した焼継屋、分かりましたぜ」

「早かったな、頼んだ者は分かったか」

勝次郎が頷いた。

「へえ、おそらく商家の手代で、歳は三十過ぎ、背格好に特に癖はないようなのですがね、顔が色白で、やけに二枚目だということです」

茂二が声を上げた。

「そりゃ、桔梗屋の手代、信三ですよ。あの手代は、まるで歌舞伎役者のような顔をしてました」

皆が、茂二を見た。

「それは本当か、信三と言えば、主人や番頭から一番頼られてる手代だったんじゃないのか」

勝次郎の声に、新之助が頷いた。

「もし、賊が運び出すときに割ってしまって、その場に放りだして逃げたとしたら、信三がこっそり直す理由はねえ。かといって信三が賊と繋がっているとも考えにくいな。これには、何かわけがあるな」

そこに、息せき切って現れたのは、雄太だった。

「旦那、親分、漁師仲間でね、銀二のやつを見たって者がいたんですよ」

勝次郎が声を上げた。

「それはいつのことだい」

「殺しのあったと思われる日の夜です。何でも商家の手代風の男二人が、銀二に頭を下げるようにして、何かを頼んでいる様子だったとかで」

「それは何処でだい」

「島崎町だそうです」

「なんだと」

新之助と勝次郎は目を合わせた。

「茂二、あの桔梗屋の通いの女子衆の家、突き止めたか」

「へえ、佐賀町の長屋で」

「勝次郎、今晩、茂二を連れて行ってくれるか。その女から桔梗屋の事情を聞き出してほしい。ことによそで修業中の若旦那と言われている息子のことをな」


その女は、よしといい、夫は魚河岸で働いていた。

「夜分にすまねえ、およしさんに聞きてえことがあってね」

勝次郎が門口から声をかけると、夫が驚いて勝次郎を見た。

「これは、勝次郎親分、何かありましたかね」

魚河岸の者で勝次郎のことを知らない者はいない。

「桔梗屋さんのことで、聞きたいんだが」

よしは、急に顔をこわばらせた。

「な、なんでしょうか」

「いや、あの家には、何か事情があるように見受けられるんだがね。ことによそで修業中の若旦那に関して、知ってることがあったら教えてくれないかね」

よしは、言葉を詰まらせた。横から夫が言った。

「おい、親分さんが聞いてなさるんだ。御用の件だぜ、知ってることは言いな」

「若旦那のことは、店の外では一切話すなと言われておりますが、私から聞いたと桔梗屋には言わないでいただけますか」

「分かった」

「古い女子衆さんから聞いたのですが、今の若旦那は裕二《ゆうじ》という方で、次男だったのです。長男の方は、それはよくできた方だったらしいのですが、身体が弱く、気の毒に二十歳の時に病で亡くなられたのです。それで裕二さんが後継ぎになった訳ですが、旦那様が出来の良い長男の方ばかりをかわいがったものですから、その時はもうぐれてしまっていたんですよね」

「その裕二って息子は、背が高くて痩せているのかい」

「そうです。店の中では誰より背が高かったです。そして痩せていましたね」

「それで旦那は？」

「旦那様は、素行が改まらない裕二さんを勘当《かんどう》同然に家から放り出したんです。表向きにはよその店で修業中ということにしてね。ただし心配ですから見張り役として、裕二さんと一番親しかった手代の松吉さんをつけたのです」

「なるほど、しかしその松吉も素行はよくない。方々で金を借りていた。似た者同士だったってことか」

よしは、頷いた。

「裕二さんが、いまどこにいるかは、私は存じません」

雄太は、午後の魚河岸にいた。あれ以来、銀二を見かけた者は見つからない。大川を眺めていると、後ろから声をかける者がいた。

「おい」

振り向くと、弥次郎の仲間の残りの三人がそろっていた。

一人が言った。

「おめえ、こそこそと俺たちのこと、嗅《か》ぎまわっているようだな」

もう一人が言った。

「蛤町の飯屋の倅の雄太だな。父無し子《てて》の」

雄太は男たちを睨みつけた。

「おめえら、若い大工の平吉って男、知ってんだろう。死んだぜ」

三人の顔が引きつった。

「岡っ引きの手先か何だか知らねえが、偉そうにしやがって。知るかそんな奴。前は神社でやってくれたが、今日はそうはいかねえぜ」

三人のうち一人は棒を握っていた。もう一人は懐から匕首《あいくち》をちらつかせた。同時に周りからかかってきそうな気配だ。そうなれば勝ち目はない。

雄太は、正面にいる男に当て身をくらわしてそのまま駆けだした。向かうは桟橋だ。雄太は桟橋に乗り移り、追いかけてきた三人に振り向いた。この細い桟橋なら、同時にかかってくることは出来ない。一人ずつ相手になれる。

「誰からでもかかってきやがれ」

雄太は棒を手に構えた。

「この野郎、ふざけたまねしやがって」

殴りかかってきた相手をかわして、背中を突いて川に落とした。

次の男は、手に持っていた長い棒を無茶苦茶に振り回してきた。しかし棒が重い分、動きは遅い。男が棒を振り切った時、雄太は容易く懐に入れた。そうなれば川に落とすのは簡単だ。男は派手に川に落ちた。

最後の男は、匕首を抜いて突いてきた。質の悪い奴だ。しかし防御は甘い、突いてきた手元を棒で籠手《こて》撃ちすると、匕首を落とした。そのまま蹴り倒して、川に落とした。

　雄太は、桟橋の脚に掴まっている男らに向かって言った。

「お前ら、殴られて死んだ者の親兄弟の気持ち、考えたことがあるのか。そのうちしょっ引いてやるからな」


　雄太が、母の小料理屋に帰ると、漁師町の忠三が店で待っていた。

「おう、雄太、もう帰ってくるだろうということで、待たしてもらってたんだが」

「忠三兄さん、何かありましたかね」

「いや、昨夜若衆組の寄り合いがあってな、例の入船町に死体があがった前の日に、喧嘩を見た者があれば教えてくれと皆に伝えたんだがね」

「へえ」

「吉永町の木置場で、ちょうどその日に喧嘩を見たっていうやつが、今日俺んとこへ来てね」

「どういった喧嘩で」

「それがな、夕暮れで顔はよく見えなかったらしいが、背の高い痩せた男が、職人風な若い男を殴ってたらしいんだ。若い男はやられっぱなしだったらしい。そばにもう一人男がいたとのことでね。銀二と弥次郎じゃないかと思うんだがね」

五

詰所で雄太から話を聞いた新之助は、皆の前で紙を出した。

「このあたりで見えてきたものを整理しようじゃねえか」

銀二、松吉、信三、久左衛門と四人の名前を書いた。

「雄太、おめえはどう察する。まず銀二からだ」

雄太が顔を上げた。

「銀二は桔梗屋の若旦那の裕二であることは間違いないですね。親の久左衛門から恐らく勘当されて、家を出て漁師町の弥次郎らと知り合い、大工の平吉を恐喝し、弥次郎と二人で殺してしまい、川へ流した。今どこかへ逃げている。壺盗賊とはかかわりないと俺は思います」

新之助が頷いた。

「うむ、そうだな。次に桔梗屋手代の松吉はどうだ」

「松吉は、久左衛門から言われて銀二を見張っていたようですが、自分も博打好きで金に困っており、このことは店には内緒にしていました。壺盗賊の一味から目を付けられ、金をもらって桔梗屋での盗みに加担した。しかしおそらく、盗賊に壺を渡すときに割ってしまった。盗賊らは割れた壺は要らねえから、そのまま逃げた。松吉はどうしようもなくなった。ちょうどその晩、店に泊まっていたのが手代の信三で、この男が割れた壺を修理したのは間違いないようですが、どう絡むのか俺には見えません」

新之助は、紙に書いた信三の文字を指で差した。

「俺はこう思う。この信三が、その場で状況を察した。松吉が白状したかもしれない。そして信三は考えた。大事な壺を松吉が夜中に起きて割ってしまった。こんな話、久左衛門に言えるわけがない。賊が入らなかったことにすることはできない。松吉をかばうために信三は自分で壺を隠して賊が持って行ったことにしたんだな。そして店としては、当然奉行所に訴えた。そうすると、盗みの手口から店の者が加担した疑いで店に対する取調べが始まった。信三はこれは不味《まず》いと考え、自分で壺を修理して、戻したんだ。こうすれば、店への取調べは緩くなると考えたのかもしれない。それに加え、信三は、銀二の殺しを松吉とともに知った。二人の手代が銀二になにか頼み込んでいたというのは、どこか、特定の場所に逃げてくれと言ったんじゃないかと思う」

新之助は、紙の上の久左衛門の文字を指で差した。

「そして、店主の桔梗屋久左衛門だが、壺が戻ったときには、修理の跡が分かったんだろう。信三と松吉に事の次第を問い詰めて、おそらく真実を知ったのだが、信三と同じ気持ちになり、壺が戻り、何もなかったことにしたかった。それで俺に金を握らせようとした。銀二の殺しの件もおそらく知ってるんだろう」

勝次郎が頷いた。

「したがって、俺の考えが正しいとすれば、罪状は以下だ。銀二は、平吉殺害、松吉は、壺盗賊の盗みに加担。信三と久左衛門は、銀二と松吉の罪を隠し、銀二をかくまった罪」

勝次郎が言った。

「お見事な御察しで。今までのことから、それにて間違いがないかと」

新之助は、もうそろそろいいだろうと、動き出した。

まずは桔梗屋の主人である久左衛門、手代の信三、松吉を奉行所に引き立てようとした。しかし前の晩から信三だけが姿をくらましていた。自分の住む長屋にもいないのだ。ひとまず久左衛門、松吉だけが北町奉行所に引き立てられた。さらに漁師町に残っていた銀二らの仲間三人も引き立てられた。

銀二、弥次郎の仲間三人は、別々に尋問《じんもん》されたが言うことは同じだった。殺しのあった夜、銀二は弥次郎だけを連れて大工の平吉から金を取り立てるために出て行った。その後、行方をくらました。どこへ逃げたのかも知らない。また投げ丁半の賭場を開いていたのは、上方から流れてきた、権三《ごんぞう》と言われる胴親で、仲間が四、五人いたという。

銀二らは、ここ半年で、五、六人の若い奉公人を賭場に引き込み、負けさせて奉公先から金を盗ませたという。平吉は大工なので金を盗むことは出来なかったのだろうとのことであった。

桔梗屋の方は、まずは手代の松吉が白状した。

松吉は、ある日、金貸しの店から出て道を歩き出したところ、全く知らない男が声をかけてきて、窃盗《せっとう》に加担することを決め、その場で一両もらったという。あわてて壺を割ってしまったのはやはり松吉で、賊は「そんなものはいらねえ」と姿を消したという。それをかばったのは信三であり、修理したのも信三だった。殺しを犯した銀二には、信三が、内藤新宿《ないとうしんじゆく》の知り合いの宿へ逃げろと言ったという。

信三が何故行方をくらましたのかは分からないと言った。

次に店主の久左衛門が、白状した。

内容は、新之助の考えとほぼ一致していた。店の信用のため、銀二と松吉の罪を知りながら隠そうとしていた。ただ一つ店の者さえ知らなかったのは、あの壺は偽物《にせもの》で本物は銀二が売り飛ばしてしまったということだった。長男ばかりを大事にし、次男をまともに育てられなかったことを悔いている様子であった。

久左衛門は頭を下げ、最後にこう語ったという。

「手前は罪人をかくまった罪、どういう罪状になるか分かりませんが、もしどこかで隠居住まいが出来るのであれば、あの壺を持っておきたいと思います。偽物でさらに割れた跡を継いである。あの壺は己の不徳そのものを映しているように思えてなりません」

すぐに奉行所の手配で、内藤新宿の宿に捕方が詰めたが、銀二と弥次郎は、そこには一度も来てはいなかった。また、権三という上方から来た男の賭場は、既に引き払われていた。

そのころ、銀二と弥次郎は深川のさびれた宿に身を隠していた。あの日、信三に内藤新宿へ行けと言われ、弥次郎とともに夜道を進んだ。しかし思い直した。もし店の者らが引き立てられた場合、隠れ場所が分かってしまう。やはりなじみのある深川のどこかで身を隠そうということになった。宿に身を隠したものの、三日たち、五日たち、どうしたものやら二人ともわからない。

この期《ご》に及んでは頼れるのは賭場の胴親である権三だけである。この前の日に弥次郎が賭場に出向いて権三に事の次第を話したところ、「とにかくそこを動くな、そこにおれ」と言ったという。それで二人は権三が来るのを待っているのだ。

「銀二兄い、奴等、俺らを助けてくれるんだろうか」

銀二は苦い顔をした。

「ほかに頼る者はおらんだろう。あの親分は流れもんだ。次の旅先に連れて行ってくれるかもしれねえぜ」

その時、宿に来たのは権三の子分の二人だった。険しい顔をしていた。

「お前ら、すぐに宿を引き払え、わしらについてこい」

二人はその男らについて行くと、どんどん深川から東の方に離れていった。不安を懐《いだ》きながら野路を黙々と進めば、畑が多い鄙《ひな》びたような景色となってきた。子分らは、一言もしゃべらず道を急いだ。

銀二は、大して歩いてもいないのに、脚ががくがくとして喉が渇いてきた。

道の先に蕎麦屋が見えた。

「お兄さん方、こんな時に何ですが、そこで蕎麦でも食いませんかね。銭はありますんで」

二人の男らは、目を見合わせた。実は腹が減っていたのだ。

「食ったらすぐ行くぞ」

四人はとりあえずそこで蕎麦を急いで食い、先を進んだ。

竪川沿いに進むと、南本所《みなみほんじょ》村あたりの破れ寺《やでら》に着いた。もう少し東へ行けば中川《なかがわ》が流れている。中川より東は江戸ではない。もっとも深川では、大川より西のことを江戸と呼ぶ者もいた。寺に入ると本堂らしき場所に権三と子分が二人、少し離れた壁際に用心棒とみられる浪人者が片膝を立てて、刀を握って座っていた。

権三は、白髪頭を短く刈り上げており、太い眉毛《まゆげ》を吊り上げて、野犬のような眼で銀二と弥次郎を睨みつけた。

「このあほんだらが！　おんどりゃ、えらいことしてくれたもんやな。誰が客を殺せ言うた」

二人は、その場に膝をついて頭を下げた。

「親分さん、申し訳ありません。殺すつもりはなかったんです」

「お前らのせいで、ここらで賭場はでけんようになってしもうたやないか。しかもお前ら、あとの三人残しさらして。あの三人が引っ立てられたらわしらの賭場に手が入るということが分からんのか。ただでは済まんと思え」

二人は上方言葉の恫喝《どうかつ》に震え上がった。

子分の一人が言った。

「親分、こいつら、簀巻《すま》きにして中川へ流したりますか」

権三は、二人を見て言った。

「とりあえず、逃げんように縛っとけ」

二人は、縛られながらもがくがくと震えが止まらなかった。

権三が助けてくれるのではないかというかすかな希望も消え、あとはどういう死に方をするかだけである。

　雄太は、三吉、茂二と手分けして深川の宿をしらみつぶしにあたって、二人の若い男が泊まっていなかったかを聞いて回った。内藤新宿へ行かなかったとするならば、銀二は、ある程度の金は持っているだろうから野宿などするはずはない。やはりこのあたりの宿に隠れているのだろうと考えた。

　雄太が、暗くなるまで粘り強く聞き込みを続けると、小名木川と竪川の間、東のはずれにあるさびれた宿で、宿の者が言った。

「その若い二人の男なら、しばらくここに泊まっておりましたがね、今朝方、二人の人相の悪い男らが迎えに来て、引き揚げました。宿賃もちゃんといただきましたが」

　雄太は、目を見開いた。

「何処へ行ったかわかるか」

　宿の者は、首を振った。

「この前の道を東の方へ行ったようですがね。それよりわかりません」

「迎えに来た男らは、どういう風体だった」

　宿の者は顔をしかめた。

「ここらの町人ではないですな。渡世者という風体で、言葉は上方の訛《なま》りがありました」

夜に五人は堀川町の詰所に寄った。

新之助が言った。

「その上方訛りのある男らは、まず権三の手下に違いないな」

勝次郎が頷いた。

「銀二らは、どうしようもなく、権三を頼ったってことですかい」

「そうなるが、そうであれば今度は銀二らの命が危ないな。手下として働いていて不始末を犯したのだからな」

新之助が懐から紙を出した。

「その権三の一派だが、上方から中山道《なかせんどう》を通って流れてきたらしい。中山道の宿場でも、いかさまの賭場を開いては恐喝まがいのことをしていたようでな。奉行所にも手配書が回っておった。それでも捕まらないのだからな。よほどの手練《てだ》れだぞ」

雄太が言った。

「明朝に出向いて、今日の朝方に四人の男が歩いているのを見た者がいないか聞き込みをしますぜ。ひとまずは深川の東側、中川までの間にとどまっているのでないかと思いますがね」

勝次郎が頷いた。

「では、頼む。しかし相手が相手だ。三人で一緒に聞き込みをした方がいいな。もし奴らの居どころが分かったら、動くなよ、見張れ。あのあたりの番所に人を集めておく、茂二が伝令役になってその番所まで走れ」

新之助が雄太を見た。

「雄太、今度の相手は玄人だ。くれぐれも勝手な真似はするな。慎重《しんちょう》にな」

六

三人は、次の日の朝、深川の東側一帯を聞き込みに回った。中川が近くなると畑も多くなり、百姓《ひやくしよう》の姿もあった。

男の四人組、ことに先を行く二人は人相が悪いのでやはり目立ったようで、野良《のら》仕事をしていた百姓で見た者が、何人かあった。それをたどっていくと途中に蕎麦屋が一軒あった。

三吉が言った。

「ちっと腹が減ってきたな。ここで腹ごしらえするか」

三人は、店に入って床几に腰を掛けた。店には、商人らしい客が一人いただけだった。

蕎麦を頼むついでに、雄太が店の親父に聞いた。

「親父、ちょっと尋ねたいことがあるんだが、昨日の今時分だが、このあたりで四人組の男を見かけなかったかい。そのうち二人は人相が悪い。あとの二人は若い男で一人は背が高くて痩せているんだが」

親父は、すぐに答えた。

「へえ、その四人なら、昨日ここで蕎麦食ってましたよ」

三人は、親父を見た。

「どんな様子だった」

親父は少し顔をしかめた。

「人相の悪い二人はこの入り口の近くの床几に腰かけてね、若いほうの二人に奥の入れ込み座敷の方に行くように指図してましたね。どうも妙な具合でね。嫌な感じがしました」

「その人相の悪い二人は何か言ってたかい」

親父は首を傾げた。

「なにやら、聞きなれない下衆《げす》な上方の言葉のようでね、先を急いでいるようでしたね。寺がどうのこうのと」

　雄太が言った。

「寺だと。このあたりに寺があるのかい」

「神社はありますが、寺はねえ……、南本所村の方に破れ寺なら一つありますが」

「分かった。南本所村だな。竪川に沿って東へ行けば、中川に出る手前だな」

　三人は急いで蕎麦を食った。

　茂二が言った。

「破れ寺なら、寺社奉行の管轄外だろう。もしそこにいるなら町奉行所としては踏み込めるな」

　雄太は頷いた。

「よし、行ってみるか」

　三人が店を出て歩き出すと、急に雲行きがわるくなり、湿った風が吹いた。

「一雨来るかもしれんな」

　三吉がそう言うと、茂二が立ち止まった。

「ちょっと、あの店に忘れ物をした。ここで待っていてくれるか。すぐに戻るよ」

茂二はすぐに戻り、三人は竪川沿いに東に進んだ。竪川は大川と中川を東西につないだ運河であり、潮の加減により川の流れは、あるようでない。往来する船を横目に三人は急いだ。

南本所村に至れば、蕎麦屋が言ったその破れ寺らしきものが見えたのでそっと近づいた。

寺はそれほど小さくはなく、放置された境内には、草が伸び放題に伸びており、灌《かん》木《ぼく》に育ったものまである。脇に納屋のようなものが見えたが、屋根が抜けている。その奥に本堂らしき建物があった。雨は漏るかもしれないが、何とか夜露を凌《しの》げそうな様子に見えた。まずは、あの本堂に人がいるかどうかだが、正面から立ち入れば目立ちすぎる。

「裏へ廻ろう」

雄太が小声で言って、三人は裏手に回った。裏路地から寺の敷地内の本堂裏に入り込むことが出来た。

三人は聞き耳を立てた。しばらくすると人の気配があった。

「日い、暮れたら、あいつらの始末付けて……」

というかすかな声が聞こえた。

雄太が小声で言った。

「間違いないな。上方の言葉だ。茂二、深川の番所へ行ってくれるか」

「承知だ」

茂二は頷いて、その場を立ち去った。

急いで路地から表の道に出ようとした時だった。

「こら、またんかい」

誰かの声に茂二がはっとして振り返りざま、首元をどんと棒のようなもので殴られて、気を失った。


三吉が雄太に言った。

「俺たちは、ここで待つのか。寺から外へ出た方がいいんじゃないか」

雄太は、小さくかぶりを振った。

「いや、ここなら中の声がかろうじて聞こえる。様子が分かるやも知れねえ」

二人は、草陰にしゃがみ込んで、息をひそめるようにして聞き耳を立てた。

自然と目をつぶっていた。

その時、いきなり大きな声が聞こえた。

「おい、お前ら、ここで何さらしとるんじゃ」

驚いて目を開いた二人は、三人の男に囲まれていた。

三吉は、怯まなかった。喧嘩は先手必勝、立ち上がりざま、一人の男の顔に頭突きをくらわした。それを合図に、雄太も腰の棒で別の男の腹を突いた。

「雄太、境内へ廻れ」

喧嘩となれば、二人の息は合う。

二人はそれぞれ逆回りで本堂の表に回った。

本堂の中では、権三が外の騒ぎに気付いた。

「何の騒ぎや」

壁にもたれていた用心棒が、きっと目を開けて、太刀を握り直した。

その時、一人の大柄の子分が、裏口から茂二を肩に担《かつ》いで現れた。

「こいつの仲間やと思います」

茂二をどさっと床に下ろすと、茂二は気を取り戻した。

「それも縛っとけ」

権三が言って、子分は意識朦朧《もうろう》の茂二を後ろ手に縛った。

境内では、雄太と三吉が、裏から追いかけてくる子分ら三人を待ち構えていた。三人とも匕首を手にしていた。

「お前ら、どこのもんじゃ」

前の男がさけんだ。

雄太が答えた。

「北町奉行所同心、高柳新之助様の弟よ」

男らがせせら笑った。

「どうせ、どこぞの岡っ引きの子分やろ。いてまえ」

「雄太、気を付けろ。みな刃物を持ってるぜ」

と言いながら、三吉は崩れた納屋の方に行き、中から鍬《くわ》を一本取り出した。

一人の子分が、身体が小さいとみて雄太に襲い掛かった。匕首を両手で持ち右わきに抱えて身体ごとぶつかってくる、やくざ者の攻め方だ。雄太は心得ていた。左に飛び跳《は》ねてかわし際、棒で籠手を打った。相手は匕首を下に落とした。雄太はすぐさまそれを蹴り飛ばした。匕首は境内の草深い場所に消えた。怯む相手のみぞおちに渾身《こんしん》の突きを入れた。手ごたえありで、相手はもんどりうって倒れた。

一方で三吉には二人が襲いかかっていた。三吉は、先の重い鍬を並外れた膂力《りょりょく》で自在に振りまわし、匕首を持った二人を近づけなかった。それでも突いてきた一人の腕に鍬の刃がかすった。それだけで匕首が飛んで行った。三吉は鍬を捨ててその男の胸ぐらを摑んで、そのままもう一人の男の方へ放り投げた。倒れた二人の上に、どんと馬乗りになった三吉は、二人の首根っこを渾身の力で押さえつけた。

その間、本堂から長脇差を持った大柄の男が出てきた。雄太は、前に立ちはだかった。

「中に銀二と弥次郎がいるのであろう」

男は、何も言わず、構えも何もなく、いきなり斬りかかってきた。これもやくざの殺法だ。雄太は距離を取ってこれをかわした。さらに相手は長脇差をむやみに振り回してきた。長脇差は二尺までの長さの脇差だが、男の持つものは優に二尺あって太刀に近い。小太刀で太刀に相対するには、懐に入るしかない。相手を見れば、長脇差を振り回すあまり、からだの芯《しん》がぶれていた。次に相手が長脇差を振り切ったその刹那《せつな》、雄太は懐に入って、喉元を突いた。相手はその場に倒れ込んだ。

「それまでにしとけ」

本堂から男が現れた。太い眉毛に眼光が鋭い。権三に違いない。後ろ手に縛り上げた若い男を引きずっていた。

「茂二！」

雄太が思わず叫ぶと、三吉も茂二を見て呆然とした顔になった。その隙に押さえつけていた男二人が三吉から逃れ、逆に三吉を後ろから二人がかりで羽交《はが》い締めにした。

権三が、茂二に脇差の刃を向けた。

「動いたら、この男を殺すぞ」

伝令役の茂二が捕まってしまったのだ。もはやここに助けは来ない。雄太は三吉と目を合わせた。

「お前ら三人とも、簀巻きにして川へ流したる」

権三は、脇にいる用心棒とみられる浪人者に顎で促《うなが》した。

その男は、雄太の前に立ちはだかって、ゆっくりと太刀を抜いた。総髪《そうはつ》で髭を生《は》やし、胸板が厚い。冷酷そうな目で雄太を睨んだ。真剣での斬りあいの場数を踏んでいるのは間違いない。

――こいつは、相当な手練れだな。

しかし雄太は動けない。用心棒の男から見れば、雄太は短い棒きれを持っているだけの動かない町人、据物《すえもの》斬りと同じである。

雄太は浪人者を睨んだ。

「動けない町人を斬るのが用心棒の仕事かい」

男は、一瞬ためらいの表情を見せた。

その時、黒雲がわいて、境内にぽつぽつと大粒の雨が降り出した。

同時に風を斬るような音が鳴り、茂二に刃を突き付けている権三が、悲鳴を上げた。

見れば脇差を握った権三の二の腕に小柄《こづか》が刺さっているのだ。正気に戻った茂二は、それを見て強い気持ちが湧いた。権三を蹴り倒して逃げた。

驚いて寺の門の方を見た浪人者の腕にも小柄が刺さった。

「それまでだ。北町奉行所である。神妙にせよ」

小柄を投げて叫んだのは高柳新之助。背後に鉢巻《はちまき》に襷《たすき》姿の捕方が五、六人並んでいた。

二人に抑えられていた三吉は、茂二が逃げたのを見て二人の男の腕を払って、肘《ひじ》で二人の男の顔面を次々打った。

無表情であった浪人者の顔は、敵意が剝き出しの顔に一変し、刺さった小柄を抜いて投げ捨てた。

「おのれ」

叫ぶと同時に、今度は新之助に斬りかかった。

新之助は、冷静にこれをかわして、太刀を抜くと同時に峰を返して男の胴を払った。存分ではないが、あばらの骨は折れたと思えた。男は顔をしかめたが、体勢を立て直してさらに新之助に矢のような刺突をかけてきた。

それをかわし、太刀を相交《あいまじ》えること二度、三度、しかし男は脇腹を負傷しているうえ、小柄を打たれた腕から血が流れだしている。次第に動きがぎこちなくなった。新之助は男の甘い一太刀をかわした後、首元にしたたかに峰打ちを入れた。男はそのまま気を失って倒れた。

「その太刀筋、流派は分からぬが、なかなか剛の者であるな」

新之助は、太刀を鞘《さや》に戻した。


本堂には、縛られた銀二と弥次郎が残されて、外の騒ぎを聞いていた。

弥次郎が言った。

「どうやら奉行所の手が入ったようですぜ。雄太のやつの声が聞こえた」

殴られた口から血を出しながら銀二が笑った。

「簀巻きは免れたが、獄門か。弥次郎、平吉殺しは俺が一人でやった。奉行所ではそう言い張れ。自分は一切手を下さなかったと。実際、殺したのはこの俺だ。いいか」

その時、権三は、既に裏口に回って、路地から逃げようとしていた。

が、そこには十手を手にした勝次郎と捕方二人がいた。

「権三だな、もはや逃げられぬ、神妙にせんか」

それでも権三は、狂犬のように叫びながら脇差を抜いた。

「そこをどきさらせ！」

勝次郎を正面から突きにかかった。

歳はとったといえども十手術を身に付けている勝次郎は、場数も踏んでいる。脇差をかわして、十手で権三の腕を厳しく打った。間髪《かんはつ》容れずに捕方の刺股が権三を押さえつけた。

雨の中、捕り手らが六人の者に縄を掛け、本堂の銀二と弥次郎を保護した。

そのあと、雄太が勝次郎に聞いた。

「親分、何故俺たちがここにいるのが分かったんですかい」

勝次郎が笑った。

「番所に茂二からの使いが来てな」

茂二が言った。

「あの蕎麦屋で、一人客がいたろう。あの男、うちの店に薬を納めている商売人でな。うちの店へ行く途中だったんだ。俺がこういう仕事をしているのを知っていて、向こうから声はかけてこなかったが、店を出た後、思いついてまた戻って頼んだ。深川の番所へ寄って、俺が半刻たっても番所に来なければ、南本所村の破れ寺に来るよう勝次郎親分に伝えてくれと」

雄太が言った。

「良く思いついたな」

茂二が頷いた。

「前に読んだ瓦版で捕り手が返り討ちに遭った事件があって、それを思い出してな、何か嫌な予感がして怖くなったんだ。天気が悪くなったしな」

「しかしなぜ俺たちに黙ってたんだ」

「あの時点ではあの寺に権三らがいるとは分からないので、ちょっと早まったことをしたかと思ってな、恥ずかしくて言うのがはばかられた」

新之助が言った。

「此度は九死に一生だぞ。こういう場合は相手の見張りが必ず一人はおるということを心得ておけ」

七

この破れ寺での一件で、関連する者らは全て奉行所に引き立てられた。

権三一派は全員死罪、銀二と名乗っていた桔梗屋の裕二も平吉殺害の咎で死罪、この時、平吉殺しは、自分一人でやったと証言したため、弥次郎は死罪とはならず、仲間の三人とともに遠島《えんとう》となった。賊に加担した桔梗屋の松吉は百叩きの上所払い、手代の信三は行方知れずのままである。

桔梗屋主人の久左衛門も所払いとなったため、店は廃業し、江戸から離れたところで焼継のある壺を見て暮らすこととなった。

詰所で新之助が皆に言った。

「今回の一件で、未だに分からぬのは、行方をくらました桔梗屋の信三だけだな」

雄太が聞いた。

「信三は、壺盗賊とかかわりがあるとみるべきでしょうか」

　新之助が頷いた。

「桔梗屋から話を聞き、自分でも色々調べてみたところ、あの信三っていう男は、元は別の小間物屋の後継ぎ、若旦那だったらしい。しかしその親父、つまり店の主人が、古物《ふるもの》の壺や書画なんかに相当金を使った。自分じゃ目利きだって言って、人に自慢してたらしい。そういう道楽が過ぎて、家業を人任せにして店が傾いたんだな。どうもこうも立ち行かなくなった。さすがに改心してもう金輪際《こんりんざい》、道楽はやめるって宣言し、店を立て直す資金を作ろうと、ため込んでいた自慢の古物を売りに出したんだ。そうしたらそれが全部偽物でな。何軒かの古物商から目利きだとおだてられて、寄ってたかって騙《だま》されてたようだ。こういう古物の売り買いってものは、騙す気があったかどうかなんて分からねえ。つまりは大損しても奉行所に訴えることもできねえんだな。それで結局、店はつぶれ、親父は首を吊った。一家は離散して、十八だった信三は桔梗屋に拾われたという」

　雄太が怪訝な顔をした。

「それが壺盗賊とどうかかわりが」

「俺の見るところでは、信三は相当恨みがあるんだよ。親父にじゃない。親父を虜《とりこ》にしてしまった古物にな。まだある」

勝次郎が聞いた。

「何ですかい」

「信三が住んでいた長屋の差配が言うには、今年に入ってから月に二度は、夜中に長屋を出て朝方に帰って来たらしい。店の用だと言ってな。しかし確認したところ夜中に信三が来るような店の用はなかった」

勝次郎が、腕を組んで唸った。

「なるほどね。親父が理不尽《りふじん》に大損をした分を取り戻してやろうって気があったんでしょうかね。恐らく他の壺盗賊の件も奴がからんでいるんでしょうね」

雄太が聞いた。

「では、信三は、なぜあの壺を修理までして元に戻そうとしたのでしょうかね。盗られたことにして隠しておけばいいものを」

新之助が笑った。

「うむ、そこが肝心なところだが、俺の読みだと、あの日、店に入った賊は『そんなものいらねえ』って松吉に言って、割れた壺をそのままにして出て行った。信三にすりゃ、この仲間のやり方は誤算だった。割れても持って行ってくれなきゃ、松吉の始末が困るんだ。それで信三は考えた。自分が賊とかかわりのない店の手代であればどうするか。松吉をかばうだろう。盗品がそのまま戻ったことにすりゃ、奉行所の店への調べが緩くなるとな。その結果があの壺の修理だった」

雄太が頷いた。

「善人を装《よそお》った悪人ってのは、自分がもし善人ならば、どういう行動をするかということも考えて動くんですな」

「そうだな、この時までは信三は桔梗屋の手代の仕事を続けようと考えてたと思うんだ。ところが、若旦那の銀二が人殺しだ。奉行所がまた、店を調べることになる。もうこの店にかかわってられねえって逃げたんじゃないのか」

新之助が、太く息をついた。

「それとな、信三の長屋でまた見つかったぜ。例の卍の印のある布切れだ」

勝次郎が顔を上げた。

「またそれですかい」

新之助が頷いた。

「これら一連の犯行、何か繋がりがあるとしか思えねえ。信三も含め、みな素人だ。しかしこれが信三にとって大事なものなら、長屋に捨て置いて逃げるというのも妙なことだが」


数日後、勝次郎が詰所に新之助と手先三人を集めた。

壺盗賊はまだ捕まっていないものの、割れた壺に絡んだ入船町での殺害と権三一派の件は同時に決着がついたので、この男は、「足洗い」で一杯やらずにはおれない。

勝次郎が家から酒肴《しゅこう》を運ばせた。

三吉が料理をみて生唾《なまつば》を飲み込んだ。

「親分、今日はいつもより豪勢ですな」

「そりゃそうよ。二件も同時に方が付いたんだからな。お前らもよくやった。三人の相性がいいじゃないか。雄太の勇、三吉の剛、茂二の知、ってとこか。とにかく大した怪我がなくて良かったが、あまり無茶はするなよ」

勝次郎は、まず一人で手酌で注いで「でぁ、皆さん、ご苦労さんで」といつものように言うか言わないかのうちに一人でぐいと杯をあげた。

「ところで茂二、此度は初めて怖い目に遭ったがな、どうだ、まだやるか、この稼業」

茂二は、頷いた。

「確かに怖かったです。あの権三に脇差を突き付けられた時はね。でもね、きっと助けに来てくれると信じてましたよ。きっと間に合うと。だから存外平気でした。むろん、これでやめるなんて気はないです。読本書きになるには、こんないい経験はないですからね。此度の一件は、親にはとても言えませんが」

勝次郎が笑った。

「茂二も、なかなか度胸がついてきたようだな」

横で三吉も手酌で注いで飲みだした。

「茂二は、助けが来るのが分かってたからいいよ。雄太と俺は知らないんだからな。俺はもう覚悟決めたぜ、どうせ死ぬなら最後にひと暴れしてやろうかって」

雄太が新之助に酒を注いだ。新之助が聞いた。

「雄太はあの時、どうする気だった」

「俺も三吉と同じようなこと考えてましたよ。あの浪人者は、動かない俺を斬れないだろうと思ったんでね。暴れる隙はあるんじゃないかって」

勝次郎は、にやにやしながら頷いた。

新之助が思い出したように言った。

「桔梗屋の若旦那がな、つまり銀二こと裕二がな、奉行所でこう言ったそうだ。俺のしたかったことは親不孝だと、それだけだと。あの店が廃業になったなら、俺は事を成した。その見返りが獄門なら、これは帳尻が合うな、と」

皆は黙ってしまった。

勝次郎が、太く息をついた。

「しかしよう、桔梗屋の件でつくづく思ったが、おめえら三人ともいい親に育てられたもんだな。茂二んとこは、どうだった。桔梗屋と同じ商売人の家だ。長男を特別に大事にするもんなのかい」

勝次郎の言葉に茂二は笑った。

「俺んとこなんか、俺が好きなことさせてもらって、兄貴の方が俺をうらやましがってるぐらいでね。兄弟分け隔てなく、大事にされましたよ」

三吉も言った。

「俺は、三番目ですがね、一番大食らいなもんで、飯だけは一番食わしてもらいましたよ」

勝次郎が頷いた。

「そうでなくっちゃいけねえな」

この話を聞いて、口元を緩めた新之助に、雄太がもう一度酒を注いだ。

雄太は、足洗いが終わって、また夕暮れの仙台堀に来ていた。

勝次郎の言葉を思い出し、父のことを思った。母にあの店を持たせたのは、自分が何とか町人として身を立てられるようにするためだったのである。育ててくれたわけではない。しかしそれ故なおさら強い思いがあったような気がする。

――俺がいたから、苦労したんだろうか。

潮の香りに混じって、おぶられた時の鬢付け油の匂いがしたような気がした。

商家からの荷出しの船が、何艘か通り過ぎて大川へ抜ける。菰で覆われていて何を積んでいるのかはわからない。さらに日が暮れかかったころに遅れたように荷の小さな一艘の船が通り過ぎた。その時、堀の対岸にその船を凝視《ぎょうし》している初老の男が見えた。白髪の総髪、うらぶれた身なりで浪人者に見えたが、目つきははっとするほど鋭い。

気が付くと新之助が、そばに来ていた。

「この場所は、父上がよく来ていたんだ。何か気になることがあったのかもしれないな」

「そうなのですか」

雄太は、新之助にそう言って、再び対岸を見たが、その男は、すでに姿を消していた。

本書は、ハルキ文庫（時代小説文庫）の書き下ろし作品です。

時代小説文庫
あ 40-1

深川《ふかがわ》青春《せいしゅん》捕物《とりもの》控《ひかえ》一 父《ちち》と子《こ》

著者 東《あずま》 圭一《けいいち》
2025年1月18日第一刷発行

発行者 角川春樹

発行所 株式会社 角川春樹事務所
〒102-0074 東京都千代田区九段南2-1-30 イタリア文化会館

電話 03(3263)5247[編集] 03(3263)5881[営業]

印刷・製本 中央精版印刷株式会社

フォーマット・デザイン&シンボルマーク 芦澤泰偉

ISBN978-4-7584-4685-3 C0193
http://www.kadokawaharuki.co.jp/[営業]
fanmail@kadokawaharuki.co.jp[編集] ご意見・ご感想をお寄せください。

東圭一の本

奥州狼狩奉行始末

第15回角川春樹小説賞受賞作。
江戸時代、馬産が盛んな地域にとって狼害は由々しき問題だった。そのため、奥州には狼を狩る役が存在した。その狼狩奉行に就くよう申し渡された、岩泉亮介。父が三年前に非業の死を遂げ、家督を継いだ兄も病で臥せっている。家のため命を受けた亮介だったが、狼と対峙する中、父の死にも関わる藩の不正問題が浮上し……。狼狩を通じて描かれる、自然と人。時代小説に新風を吹き込む静謐な世界。

ハルキ文庫

佐々木裕一の本

この世の花

徳川譜代の名門で七千石の旗本真島兼続の妾の娘・花。母・ふきは商人の娘ながら父に惚れられて娶られ、母子ともに愛されていた。だが、それを正妻、そして他の妻は妬み嫉み、事あるごとに虐げる。兼続の長男・一成やその親友・青山信義と保坂勇里は花の懸命な姿に目を掛けているのだが、それがまた他の娘たちには気にくわない。そんな中、ふきが病に倒れ——。激動の時代に、苦難を乗り越え健気に輝く、一人の少女の物語！

ハルキ文庫

松下隆一の本

落としの左平次

佐々木清四郎は齢十八歳。定町廻り同心となり三年がたつが、まだ見習い同然だ。そんなある日上役に呼ばれ、左平次預かりの命を受ける。左平次は優秀な廻り方で、「落としの左平次」と呼ばれていたが理由あって引退、今は町人の身分だという。どうやら亡くなった清四郎の父の元同僚らしい。早速、娘の亡骸が運びこまれた番屋で清四郎は左平次に怒鳴られるが——厳しくも温かく鍛えられながら、清四郎が一人前の同心を目指して奔る新シリーズ、堂々たる幕開け。

ハルキ文庫